U0457542

恐怖三角馆

〔日〕江户川乱步　著

叶荣鼎　译

山东画报出版社

图书在版编目（CIP）数据

恐怖三角馆 /（日）江户川乱步著；叶荣鼎译. --济南：
山东画报出版社, 2022.3
（江户川乱步全集·明智小五郎系列）
ISBN 978-7-5474-3960-9

Ⅰ.①恐… Ⅱ.①江… ②叶… Ⅲ.①推理小说－日本－现代
Ⅳ.①I313.45

中国版本图书馆CIP数据核字（2021）第134780号

KONGBU SANJIAOGUAN
恐怖三角馆
〔日〕江户川乱步 著　叶荣鼎 译

责任编辑　姜　辉
封面设计　光合时代

出 版 人　李文波
主管单位　山东出版传媒股份有限公司
出版发行　**山东画报出版社**
　　　　　　社　　址　济南市市中区舜耕路517号　邮编 250003
　　　　　　电　　话　总编室（0531）82098472
　　　　　　　　　　　市场部（0531）82098479　82098476（传真）
　　　　　　网　　址　http://www.hbcbs.com.cn
　　　　　　电子信箱　hbcb@sdpress.com.cn
印　　刷　山东新华印务有限公司
规　　格　787毫米×1092毫米　1/32
　　　　　　8.75印张　150千字
版　　次　2022年3月第1版
印　　次　2022年3月第1次印刷
书　　号　ISBN 978-7-5474-3960-9
定　　价　46.00元

如有印装质量问题，请与出版社总编室联系更换。

译者序

红极一时的日本动漫《名侦探柯南》的作者漫画家青山刚昌，孩提时代曾是江户川乱步的超级追星族，他笔下的主人公江户川柯南的姓就取自日本推理文学鼻祖江户川乱步，名则取自英国的柯南·道尔。

日本作家历来都有用笔名的传统，江户川乱步本名平井太郎，早年就读于早稻田大学经济学专业，江户川就在早稻田大学旁边。巧合的是，"江户川"的日式英语发音"edogawa（爱多嘎娃）"，与"Edgar a-（埃德加·爱）"的发音极其相似；

"乱步"的日式英语发音"ranpo（兰波）"，与"llan Poe（伦·坡）"的发音又十分相近，故而决定以"江户川乱步"为笔名。从此，这个名字陪他度过了四十年推理文学创作生涯，也成为日本推理文学史上不可逾越的高峰。

1923年，乱步在《新青年》杂志上发表处女作《两分铜币》，引发轰动。当时的编者按这样写道："我们经常这样说，《新青年》杂志上总有一天将刊登本国作者创作的侦探小说，并且远远高于欧美侦探小说的创作水平。今天，我们终于盼来了这一兴奋时刻。《两分铜币》果然不负众望，博采外国作品之长，水平遥遥领先于外国名作。我们深信，广大读者看了这篇小说后一定会深以为然，拍案叫绝。作者是谁？是首位登上日本侦探文坛的江户川乱步。"

1925年，乱步发表小说《D坂杀人事件》，成功塑造了日本推理文学史上的第一位名侦探——明智小五郎。其后，他又陆续创作了《怪盗二十面相》《少年侦探团》等脍炙人口的作品，其中的"怪盗二十面相""少年侦探团"等角色已经突破了类型文学的束缚，成为世界文学史上的典型形象，先后多次被搬上各种舞台，改编成各种各样的影视、动漫作品。

第二次世界大战爆发后，江户川乱步因作品被禁止出版，投笔抗议，公开发表《作者的话》："我撰写的小说主要是把侦探、推理、探险、幻想和魔术结合在一起，让读者富有想象力和创造力。人类必须怀有伟大的梦想，经过不断的努力，才会创造出伟大的时代。没有梦想，没有幻想，就没有科学。历史已经证明，科学的进步多取决于天才的幻想和不懈努力。科学进步了，人民才会过上好日子。可是今天的战争，毁掉了科学，毁掉了人民的梦想，日本人民将会被一个不剩地当作炮灰，却还是避免不了失败的结局。"

1947年，日本侦探作家俱乐部成立，乱步被推举为主席。俱乐部在1963年改组为日本推理作家协会，至今仍是日本最权威的推理作家机构。1954年，乱步在六十大寿之际，个人出资100万日元，设立"江户川乱步奖"，用以激励年轻作家。在之后的半个多世纪里，以东野圭吾为代表的一大批优秀的日本推理文学作家通过这个奖项脱颖而出，他们的成绩也使得"江户川乱步奖"成为日本推理文坛最权威的大奖。

1961年，为表彰乱步在推理文学界的杰出贡献，日本政府为其颁发"紫绶褒勋章"（授予学术、艺术、运动领域中贡献卓著的人）。1965年，乱步突发脑出血去世，获赠正五位勋三等瑞宝章。为纪念乱步，名张市建有"江户川乱步纪念碑"与"江户川乱步纪念馆"，丰岛区设有"江户川乱步文学馆"，供日本与世界的爱好者与学者瞻仰和研究。

《江户川乱步全集》作为乱步作品之集大成者，先后出版了多个版本，加印数十次，总印数超过一亿册，迄今已有英、法、德、俄、中五大语种版本问世。衷心希望诸位读者能够通过这一版的中文译本，回望日本推理文学的滥觞，领略一代文学大家的风采。

是为序。

2021年元旦于上海虹桥东华美寓所

目　录

奇怪建筑

右三角馆内的居民

蛭峰健作　70岁　与蛭峰康造是孪生兄弟，是蛭峰康造的哥哥；

蛭峰健一　36岁　是蛭峰健作的长子，独身；

蛭峰丈二　32岁　是蛭峰健作的次子，独身；

穴山弓子　58岁　是蛭峰健作已故妻子的妹妹；

女用人2名。

左三角馆内的居民

蛭峰康造　70岁　与蛭峰健作是孪生兄弟，是蛭峰健作的弟弟；

蛭峰良助　33岁　是蛭峰康造的养子，独身；

鸠野桂子　26岁　是蛭峰康造的养女，已婚，改为婆家姓；

鸠野芳夫　38岁　是鸠野桂子的丈夫，按妻子要求搬至蛭峰康造家居住；

猿田老人　60岁　受上代主人和现主人雇佣的管家，家住左三角馆；

女用人2名。

悄然无声的大雪不知什么时候已经停止了飘落。

刺骨的寒风却仍然在阴沉沉的天空中狂舞。

律师森川五郎不由得竖起大衣领子，戴着皮手套的右手不停地摇晃着公文包，沿着河边的道路快步地走着。

长筒橡胶靴的下边，不时地传出靴底踩在雪上发出的声音，声音清脆悦耳，使他的心情格外舒畅。

"沿街角转一个弯，就是蛭峰别墅的玄关了。"

他放心地抬起头来，眺望着隔着围墙的西洋

别墅。

这是一幢砖结构的建筑，已经十分陈旧，建于明治时期。它又是一个幸运儿，在大正时代的强烈地震中没有倒塌，在战争期间也没有被炸毁。

这就是需要律师出面解决问题的三角馆吗？

他暗自嘀咕。

三角馆，是社会上对这幢西洋建筑的称呼。它占地面积约六百六十平方米，近似于正方形，地下有地下室，地上有五层楼，屋顶还有夹层房间。

不用说，它原来是一幢住宅，可大正末期，好端端的正方形住宅被一条对角线分成两个等边三角形的住宅。这条对角线是一道厚厚的砖墙，是左右两个住宅的分界线。

两等边的三角形住宅建筑虽分成两半，可从结构上还是连在一起的。

建筑的中间部位有玄关、大厅和宽敞的楼梯，可分界线砖墙的存在，把上代业主设计的大楼梯分隔成两个狭窄的楼梯，实在是可惜之极。

楼梯的背后是电梯。由于电梯无法隔开，便把出入口改在电梯房和电梯井的左右两侧，使之成为两家共同使用的公用电梯。

与建筑相比，院子显得小了一些。院子中间没有厚厚的砖墙，而是用铺设的石子路代替分界线，左右两侧的面积相等。石子路末端，是共同使用的后门。

像这样隔开后的建筑，被附近的人们称为三角住宅或三角馆。

三角馆别墅里居住着一对孪生兄弟。该建筑是他们的父母建造的。

哥哥蛭峰健作和弟弟蛭峰康造，都已经是年过七十的古稀之人。

今天，森川五郎律师是应哥哥蛭蜂健作的邀请登门拜访的。

他把仰望的视线收回脚下，随即加快了脚步。于是，靴底又传出了响声。

就在这时，脑袋顶上传来一声很响的声音。

森川五郎赶紧抬起头观察。

扑通！左侧河里发出沉闷的响声，是一个长方形的东西掉到了河里。

瘦长形状的厚牛皮纸包，长约三十厘米，宽约二十厘米，被一根绳索捆得紧紧的。

森川五郎瞪大眼睛打量着周围，除右边是蛭峰兄弟俩居住的三角馆围墙外，其它地方空荡荡的，连一个人影也没有见着。

牛皮纸包孤零零地在水面上漂了好一会儿，接着像被吸入旋涡那样沉下去了。

肯定是住在三角馆里的人把牛皮纸包扔到河里的！

森川五郎一直待到牛皮纸包被水淹没后才迈开脚步走了起来。

片刻后，他沿石台阶走到最上面的第三段青石板上，站在三角馆的玄关门口。

推开大门，门内侧是两家共同使用的公用换鞋处，正面排列着两个出入口。右侧出入口的门上挂有"蛭峰健作"的姓名牌，左侧出入口的门上挂有"蛭峰康造"的姓名牌。

森川五郎伸右手按响了右侧门框上的门铃。

门开了，一个年轻的女用人出来迎接，引导森川五郎来到光线暗淡的右边房间里。

这个房间是客厅，纯西洋风格的摆设和装饰。

客厅的面积非常大，天花板高得十分罕见。由于下面有地下室，地面也比一般建筑要高出许多。墙很厚实，室外响声根本传不进来。

外表富丽堂皇的壁炉里燃烧着煤气，朝外输送着暖气。可房间太大，温度难以上升，加上光线不亮，森川五郎还是觉得冷飕飕的。

天花板上悬挂着大型水晶吊灯，长方形大桌子古色古香，高高的靠背椅表面有雕刻的纹路，有一面墙上嵌着一块硕大的镜子。

房间的每一个角落，总觉得过时、古老，仿佛走进了一家很少有顾客光顾的博物馆里。

"光线太暗了，你去把灯打开！"

突然，不知从哪里传来年轻女人的声音，霎时间房间里亮堂起来。

森川五郎律师的对面是大镜子，清楚地反射了隔壁房间的灯光。他发现客厅与隔壁房间之间是一条拱形走廊，挂在那里的丝绒分隔帘中间处有五十厘米的间隙。亮如白昼的隔壁房间，透过间隙清晰地映照在客厅的大镜子里。

大镜子里还清楚地映照出一个年轻女人的侧面，她正坐在椅子上。这时，去开灯的男子返回女人的身边。

年轻女人从口袋里取出烟盒，掏出一支烟夹在嘴唇中间。男子见状连忙取过桌子上的火柴，擦着火后给年轻女子点上了烟。

淡蓝色烟雾从年轻女子的嘴里吐出，朝悬挂在天花板上的大吊灯扑去。看他俩的举止，似乎没有察觉到隔壁的客厅里有外来的客人。

年轻女子改变了姿势，于是从镜子里可以清楚地看见她的正面。

呵！简直像从天上下凡的仙女！森川五郎情不自禁地赞叹。

女子的年龄在二十四五岁，相貌可谓百里挑一。身着十分好看的绿色外套，嘴抹着光泽四溢的唇膏，眼睛和脸颊部位的妆容更显精致。可以想象，年轻女子非常喜欢化妆。

站在她身旁的男子弯着腰，殷勤地说："你年轻漂亮，真让人羡慕！"

"真的吗？可我怎么从来就没有这种愉快的感受。居住在这么陈旧的房子里，过着酷似古时候的夫人生活，整天被家务活缠得脱不开身，唉……"

"是啊，这别墅里是一个纯粹的古老世界。"

"是的！太沉闷了！快带我去有趣的地方！费用我出。"

"嗯……"

这时，女用人从门口走进客厅喊森川五郎。

"主人要见你，请跟我来。"

正专心致志地听着隔壁房间的人对话的森川五郎，猛听见女用人朝着他说话的声音，仿佛梦中惊醒似的脱口答道，声音响得出奇："哦，是吗？"

映照在镜子里的年轻男女闻声吃了一惊，猛地转过脸朝这边眺望。

男子径直走入客厅。

"我不知道有客人来。"

男子责备似的盯着森川五郎。

"对不起，让你受惊了！"

"不，没什么。客厅里光线暗，又太大。"

"大概夫人也受惊了吧？实在对不起。"

不知何故，男子听森川五郎这么一说好像慌了神，不安地动起嘴巴来。

这时，不知从哪个方向传来深沉的嗓音。

森川五郎循声望去，原来是右三角馆户主蛭峰健作的长子蛭峰健一，以前好像在什么会上见过两三面。

"丈二，你不知道怎么向客人介绍吗？"

蛭峰健一的外表看上去四十多岁，瘦高个，长相像欧洲人，身穿俄罗斯式黑色上装。

"你好，是森川律师吧！我太冒昧了！喂，丈二，这位是律师森川五郎先生！森川先生，他是我弟弟，叫丈二，还有，她叫鸠野桂子。"

"咦，她不是你的夫人？……这，我太失礼了！"

"嗯，鸠野桂子是隔壁蛭峰家的女儿，她丈夫叫鸠野芳夫！"

蛭峰健一这么解释后，嘴唇弯曲成奇怪的形状，脸上的表情皮笑肉不笑的。

不可思议！看来这两家的情况很复杂。

森川五郎边思考边站起身来，跟着女用人走出了客厅。

诉说衷肠

"您……您知道开电梯的方法吗？"

女用人把他带到小型公用电梯前面问道。

"嗯，摁一下'3'就可以自动上到三楼了，是自动电梯吗？"

"是的。电梯停在三楼后，请记住从这个门出去。从对面的门出去，是去隔壁住宅的……"

也就是说，从电梯里的这个小门出去，是去蛭峰健作家。相反从对面门出去，是去蛭峰康造家。

森川五郎用手摁了一下"3"字，电梯便静悄悄地向上升起，不一会儿就停了。门自动开启后，一个早在门口等候的女用人引导他去蛭峰健作的房间。

那是个十分精致的房间，色彩和摆设令人心旷神怡，烧炭暖炉里的火烧得很旺，整个房间像暖融融的春天一样。

蛭峰健作背对着窗子，靠坐在沙发上。

他身穿宽大的长袍，从膝盖到胸部裹着一条厚厚的毛毯。

老人的脑袋上，长满了厚而密的银发。粗粗的眉毛下边，双眼炯炯有神，目光犀利。漂亮的胡子均匀地排列在挺拔的鼻子下面。老人高个子，宽肩膀，粗看去不像古稀的老人。

可走到跟前细看，老人的鬓角凹陷，面庞消瘦，静脉血管鼓起，脸色灰暗而没有光泽。

"你好，森川，欢迎光临寒舍。就像你看到的这样，我身体很差，只能坐着跟你打招呼，实在对不起。"

蛭峰健作费力地说完这些话，边喘着气边颤抖着右手取过桌子上的小杯子湿润自己的嘴唇。

"其实，隔壁的蛭峰康造再过半个小时要来我这里。在他来之前，我想先说一下问题的实质。说得简短一点，即我和隔壁的蛭峰康造之间要商定一件大事，但不可没有公证人，还必须是和任何一边不沾亲带故的公证人。只有达到这些条件，才够格做我和他的公证人。否则，很难办。我大儿子知道你的大名，就告诉了我。于是，我想请你做我们的中间人。"

"我和隔壁的蛭峰康造是一对孪生兄弟，可我们在刚出生时就被扔在了街头，所以根本就不知道亲生父母究竟是谁。幸亏好心的养父蛭峰老人收养了我们，把我们抚育成人。养父尽管有一个我们称为哥哥的亲儿子，但养父待我们胜过自己的亲生儿子。

"可我们的哥哥，也就是养父的亲生儿子，因病早离开了人世。养父生前腰缠万贯，是有名的富豪，但他原来是捡破烂的乞丐。为改变穷苦的面貌，他吃苦耐劳，不分昼夜地工作。

"也许是积劳成疾的缘故，本来十分健壮的养父，身体状况一落千丈，晚年生活是在病床上度过的。年轻时，他曾一直说自己可以活到一百二十岁。可能是因为这么说过但又有遗憾的缘故，他决心在孩子们身上兑现他长寿的愿望。

"亲生儿子生病后，养父决定让我们作为他的继承人，一定要让我们长寿。他尽管被病魔缠身，但脑子里始终想着我们，临终前留下一封常人难以想象的遗书。

"遗书的内容大致是这样的：按照法律规定将全部财产传给长子，但长子不是继承权而仅仅是暂时的管理权，最终由长子转传给两个养子。

"哥哥呢，按照父亲的遗嘱于生前又写了一封正式遗书。其大致内容是：孪生兄弟中谁的寿命长，谁就是蛭峰家的正式继承人，届时才能继承父亲的全部财产。在正式继承人没有确定前，所有财产由某信托银行代管。财产的利息、分红以及土地房屋出租的租金总和，由我们孪生兄弟俩各得一半，充作生活费。但关于财产的继承权，我们兄弟俩不能问津。只有在我们中间谁先去世的时候，活着的那个人才能继承财产。

"去世的哥哥生前不折不扣地执行了父亲的遗嘱。养父活着的时候，单身汉的哥哥就已经是卧床养病的病人，加之无妻室无子女，更比父亲知道健康对财产继承人的重要性，二话没说便赞同了父亲的意见。

"哥哥是在明治时代的最后一年病逝的，所有财产委托给某信托银行代管，也就是现在的八千代信托银行。

"当时我们还没到二十岁，兄弟俩半真半闹着展开了长寿比赛。其实，就是得不到养父财产的继承权，光靠财产收入，生活就已经过得十分富裕了，吃喝根本不愁。"

蛭峰健作说到这里，伸出颤抖的手按响了桌子上的呼叫铃。

见女用人推开门进来，他使劲地用眼神示意桌子上的杯子。

女用人领会了意图，马上走到房间的角落将放在那里的药倒入杯中并端到他的嘴边。

"听好了！隔壁的蛭峰康造如果来了，你让他在外边等候，我会通知他什么时候进来的。"

蛭峰健作喝完药长长地吸了一口气，再三叮嘱女用人后就让她离开了。

"森川，不知怎么的，哥哥死后的五六年里，我们兄弟的关系竟变得不正常起来，都把全部心思放在身体保养上，还把自己弱的一面隐藏起来不让对方察觉。我们把好端端的住宅分成两半，就是这个原因。从那时开始，兄弟间的手足之情不翼而飞了。

"弟弟蛭峰康造对所有的事情都很消极，唯独对养生之道情有独钟，制定了一套独特的健康养生法。他对每天的饮食特别注意，不喝酒，不抽烟，对室内温度也很关注，还有，决不让感情左右自己。这就是他的养生法。

"我年轻时喜欢运动，登山、游泳……可我离不开烟和酒，加上脾气粗暴。现在看来，这种生活方式果然不行。兄弟间的长寿竞争，我不得不承认失败。

"但这个情况，我对弟弟是绝对保密的。最近医生说我活不了多久了，顶多十天半个月。可我有两个儿子，而弟弟没有亲生子女，是从死去的妻子的亲戚那里收养了一儿一女作为养子。

"长期敌视，使我们这对年轻时如胶似漆的兄弟俩，变成了如今势不两立的仇人。弟弟不光对我，对我的两个儿子也没有好感。这不得不让我想到自己死后，两个儿子会被置于何种尴尬的境地。

"等到自己死亡的那天，所有财产都将归属弟弟，我的两个儿子不仅什么都得不到，还将被驱逐出这幢住宅。这不行！我必须在生前和弟弟商定出永远不能改变的协议。

"说心里话，低头求他是我最不愿意做的。可医生说我的心脏跳不了多长时间了，必须尽快商定。当然，这个情况绝对不能对弟弟透露半点风声。眼下心急如焚的是，我死后不能让两个儿子成为沿街乞讨的叫花子。为此，我决心与他恢复以前的关系。"

蛭峰健作说完后，闭上眼睛靠在沙发上休息。

"对不起，我想问一下，财产总金额是多少？"

"哥哥死的那年是明治时代末年，按当时的价格计算是一百五十万日元。那以后的三十年里不停地增值，就在战争快要爆发的时候升值到四百万日元左右。

"按现在的币值计算，总金额已达十多个亿。尽管战争毁了许多不动产，可剩下的那部分在战争结束后一直升值，还是一笔金额相当可观的资产。"

他一说到这里时，闭上嘴又靠在沙发上休息。他这样做，是觉得自己必须在弟弟蛭峰康造进来之前积蓄体力，哪怕一点点也好。

这时，女用人推门进来，报告说蛭峰康造来了。

不欢而散

蛭峰健作一听说弟弟来了，突然挺直腰杆命令道：

"快，快把我身上这条毛毯藏起来！药瓶和杯子也……还有，把我扶起来！不能让他看到我这般弱不禁风的样子！森川，请你帮忙把我扶起来！"

蛭峰健作靠在森川五郎和女用人的身上，费了好大力气才从沙发上站起来。

"快松手！我要靠自己的力量站着。好……这样行了，去通知他进来！"

正面的那扇房门开了，蛭峰康造进来了。

"哟，哟，弟弟吧！欢迎，欢迎。"

蛭峰健作的说话声音里充满了活力和愉快。

蛭峰健作和蛭峰康造两个人的长相根本不像，丝毫看不出是一对孪生兄弟。

弟弟蛭峰康造长得很瘦，光秃秃的脑袋，仅后脑勺上剩有一点灰色头发。虽身体不胖，但脸有光泽。眉毛颜色很淡，目光似乎来自眼睛的深处。脸中间的鹰钩鼻子上，似乎没挂一丝肉。由于没留胡子，鼻子下面显得有点呆板，但薄薄的嘴唇却勾勒出奇妙的笑容。

他十分谨慎，步子很慢，眼睛不停地打量着房间里的情况。

兄弟俩相互说完客套话后，哥哥蛭峰健作似乎等不及了，又靠在沙发上。

"健作哥哥，你身体不舒服吧？"

"没什么，只是患了一点感冒，没什么大不了的。"

"你还是不太注意自己的身体，瞧你这模样，情况不是很好吧？"

"这你就别操心了！今天我请森川来这里，是想彻底解决我俩之间悬而未决的问题。"

"什么？我俩之间有什么问题？"

"你不是也知道吗？即便是哥哥，是的，即便是父亲那封遗书，距今已经过去四十多个年头了。近来，我越来越深感到它的重要性。也正由于它的原因，我们不知道吃了多少苦，兄弟俩原来的友好关系也……"

"哦，是那件事情……可那遗书里有父亲和哥哥的两重遗愿。即便现在，我也想不出什么好办法。"

"不，只要你下决心，我俩携起手来就能想出好办法。无疑，父亲和哥哥也绝对没有想到是这样的结果。父亲和哥哥生前都同样宠爱我俩，就他俩真正的遗愿来说，决不希望你我之间有谁不幸。"

"直到现在才说这样的话……你说该怎么办？我问你，你当时为什么不说……听你今天这么说话的语气，是不是被什么情况逼得走投无路了？"

"康造，希望你回忆一下我们过去的情况！其实，我们是一对相处得非常和睦的亲兄弟。穿着相同，玩具相同，一起玩游戏，可现在却这般陌生。你也好，我也罢，无论谁死在前面，可死者留下的孩子将变成叫花子。像这样的情况，你觉得不会发生吗？"

"健作，这话以后再说！生病时像这样过于兴奋是不好的。今天就说到这吧，等到你身体恢复后再谈！"

"不，我这不是好好的吗？好不容量把森川请到这里，我希望现在就做出决定。我们的关系一直不友好，可我今天请你把它忘了！你以为你比我长寿你就能说那种风凉话！

"可我告诉你，关于谁先死谁后死的问题，任何人是不能打保票的，说不定你死在我前面呢。如果这样，你宠爱的两个孩子不就从那天开始变成要饭的乞丐了吗？我请你好好想一下那种恶果，康造。"

蛭峰康造一声不吭地思考了大约一分钟后，终于开口说话了："哼，那请说说你到底是什么打算？"

"嗯，我是这样打算的。不管谁死在前面，死者的孩子们应该与我们中间活着的人平分财产。这样做，我们的子孙也能感受到父亲和哥哥的恩情。森川，如果这样做，在法律上需要办理什么样的手续？"

蛭峰健作说完后询问森川律师。

"这个情况嘛，你们只要把刚才的内容写在一份共同的遗嘱里就行了。要说最完备的手续，最好是签订一式三份的协议，你俩和我各留一份。"

"原来是这么回事！那再好不过了。康造，怎么样？这不就是最佳方案吗？"

"对不起，我不能马上决定！总之，这事不能草率。我不管做什么，都要在深思熟虑后才能决定。对不起，请让我慢慢思考一下。"

他说完看了一眼手表，

"哟，没时间了！现在正巧是我喝养生药的时间，对不起，今天就谈到这里为止。总之，这事以后再商量吧！"

"康造，我的想法不会改变。我今天就请森川律师写协议书，盖上我的印章后，也请你盖章。"

"你还是那么性急！那就随你的便吧，我可是我。森川，失陪了！"

蛭峰康造说完后很快消失在门外的走廊上。蛭峰建造仰面倒在沙发上，喃喃自语："森川，快……快喊女用人来……"

他的病发作了。

女用人跑来后赶紧把药灌入老人的嘴里。过了一会儿，他又恢复了精神。

"森川，请你赶快书写我刚才说的协议！至于财产内容，我只要通过八千代信托银行就可以了解到……请抓紧写！今天晚上能写好吗？"

蛭峰健作说完这些又闭上了眼睛，整个身体又陷在沙发里。

黑暗相遇

森川律师与蛭峰健作交谈完毕后就回家了。接着走进房间的，是穴山弓子。

她是蛭峰健作死去的妻子的妹妹，今年五十八岁。二十年前，她的丈夫死后便搬到蛭峰健作家居住，承担着看护姐姐生前留下的两个儿子的任务以及所有家务。

"怎么了？隔壁的蛭峰康造同意了吗？"

穴山弓子的个头很矮，身上的和服穿得整整齐齐，花白的头发往后梳着，肤色微黄的脸上没有任何表情。脸上没有什么皱纹，眼睛虽不大，但目光犀利。

　　蛭峰健作无精打采地靠在沙发上，摇晃着脑袋。

　　"哼，反正还是那么回事！他是怎么说的？"

　　"他说要考虑一下，不能马上回答，说完就走了。"

　　"他说得考虑一下，最快也要一个月才有答复。"

　　"是啊，他已经看出我在生病，设法推迟回答的时间。看来，他已经估计到我要死在他前头了。"

　　"健作，我讨厌你说那么软弱的话。你要真那样，健一和丈二怎么办？"

　　"我就是为这事犯愁呢。他俩要是再稍稍懂点道理，我就不需要这么担心了。他俩不知道什么叫生活，也不知道靠自身能力通过劳动养活自己，整天游手好闲的。看来，我们的教育方法有问题啊！"

　　"那怎么可能！他俩长得端端正正的，不管去哪里都是绅士派头，做长辈的根本就没有什么难为情的地方。"

　　"你说的不符合实际！他们就知道花钱。"

"嗯，可隔壁那家的子女也差不多。我们两家，要说像样的，就只有桂子的丈夫鸠野芳夫。他倒是一块好材料，依靠自己的能力就能生活，还经营了一家公司。家里的两个孩子中间，要是有一个像他那样……"

　　蛭峰健作点点头。

　　鸠野芳夫经营着一家证券公司，具有养活自己的能力。

　　穴山弓子的脸上变得通红，猛然觉得自己非常丢脸。鸠野芳夫既宠爱妻子又具有经营企业的能力。健一和丈二却连养活自己的能力都没有，根本就无法与深受好评的鸠野芳夫相提并论。视健一和丈二为亲生儿子的是自己，教育他俩的也是自己，可他们长大了却这么不争气，自己负有不可推卸的责任。

　　"健作，他俩好像不是你的孩子，你怎么一点也不喜欢他俩。"

　　"别说傻话！我要真像你说的那样，还用得着为他们操心吗？我对自己的死并不感到痛苦，只是放心不下他俩。"

晶莹的泪水在蛭峰健作的眼眶里直打转。

"明白了！我很明白你此刻的心情。"

穴山弓子似乎也伤心起来，使劲摁着眼角。

就在这时门开了，蛭峰健一和蛭峰丈二进来了。

他俩并没有听到什么，但对于康造叔叔和森川五郎律师的到来察觉到了大致情况。

"爸爸，你现在的心情怎么样？"

兄弟俩无不担心地望着老人的脸问道。

蛭峰健一依然身穿黑色的俄罗斯式上装，嘴角显现出嘲笑的神情。弟弟蛭峰丈二与哥哥相反，身着笔挺的西装，显得很合身。英俊的脸上，特别是那对眼睛给人一种美男子的感觉。蛭峰健一今年三十六岁，蛭峰丈二今年三十二岁，都还是"单身贵族"。

他俩的目光，使得蛭峰健作顿感头晕目眩："你们脸上的这副模样好像在责备我吧。我不是因嗜好什么而得病的。"

"我们清楚。父亲，我们兄弟俩怎么会责怪您呢！现在重要的是，不管发生什么，请你一定要顽强地活下去！否则，我们真不知道往后该怎么办。虽说隔壁的康造叔叔大概不会饿死我们，可我们讨厌像叫花子那样卑躬屈膝地向他要钱。"

蛭峰丈二尽管嘴上说不责怪父亲，可这番话却触到了父亲的痛处。

蛭峰健一默默地挽着胳膊，鼓弄着嘴唇，嘲笑般地比较他俩的表情。

"正因如此，我才喊来蛭峰康造跟他商量这件事情，我跟他之间不管谁先死，死者的子女应该获得一半财产的继承权。"

"叔叔同意了吗？"

蛭峰健一笑嘻嘻地问。

"嗯，他说要考虑一下，按理说，他不会同意的。可即便那样，我还是要与他商量。眼下只有等待奇迹出现，希望我的身体出现转机，超过他的寿命！"

蛭峰健作说了这么一句，马上又是面如土色，整个身体仰靠在沙发上。

兄弟俩与穴山弓子一直站立着，谁都没有吱声。

穴山弓子的眼睛目光犀利，似乎能洞穿人的心底。蛭峰健一的脸上布满了嘲笑人的表情，而蛭峰丈二则是满脸困惑。他们围在老人身边站立着。

片刻，蛭峰健一踮起脚尖悄悄地离开了，一走到门口便快步来到走廊上。接着，蛭峰丈二很不情愿地离开了。

已经傍晚了，即便是大白天也显得暗淡的走廊上，此刻漆黑一片。

"哥哥，没指望了吗？"

蛭峰丈二追上哥哥轻声问道。

"爸爸只是说等待奇迹。奇迹也许会出现，也许不会出现。人世间的千变万化，我说不上来。"

"哥哥还是像过去那样，一点也不着急。"

"比起你，我担心的要多出许多。隔壁家那个桂子不是老跟着你吗？她可是一个有钱人哟！你也会有伤脑筋的事……"

"喂，你别说那样刻薄的话……"

"怎么，我没说错吧！你迎合她取悦她，说带她去有趣的地方。然后呢，让她求你。不是这样吗？就说今后吧！你只要一直使用这种办法，在钱方面就丝毫不会有难处。

"可隔壁那个吝啬的叔叔会给她那么多钱吗？桂子的钱嘛，还不都是她的丈夫给的！鸠野芳夫宠爱妻子桂子，你可要小心哟！如果一头栽在男女情感纠葛的世界里，稀里糊涂地带别人的妻子出去玩，一旦让她的丈夫芳夫知道，那可就大祸临头了……"

"没关系！桂子不是我的堂妹吗？堂兄妹之间说得来，或者说从堂妹手里要钱，有什么不可以的！"

蛭峰丈二这么说完，就返回二楼的房间去了。

打那以后过去了三个小时。

蛭峰丈二站在镜子前一会梳理头发一会矫正领带，不时地调整着自己的穿戴。

不一会儿，他满意地朝着镜子点点头，离开房间朝二楼的电梯走去。

他去隔壁的住宅是为了拜访鸠野桂子。以往去那里，他从不特地绕远路。

电梯到达一楼后，只需打开电梯房里相对侧的门就可以了。因为，电梯门的外面便是隔壁住宅的客厅。

蛭峰丈二推开电梯门，见隔壁住宅里没有亮光，黑得伸手不见五指。他一进入客厅便打算摁开关，可这时他猛地产生了逃跑的念头。因为，他的手触摸到了柔软的东西。

"不必逃跑，是我！"

是蛭峰健一的声音。

"是哥哥吗？你别吓唬人！为什么要把这里弄得漆黑一片？"

"我已经习惯黑暗，没有灯光照样走路。"

"你去爸爸那里了？"

"是的。"

"爸爸情况怎么样……"

"情况不好。怎么，你又去隔壁？别惊动芳夫！还有，你要观察叔叔的心情，尤其要注意叔叔会在什么情况下才同意父亲提出的决定。你一旦看到那种苗头，就是夜里也要去父亲那里报告。"

"好的。可是，父亲的情况真那么不好吗？"

蛭峰健一没有回答，而是从口袋里取出火柴擦着了火。黑暗里，红红的火光一闪一闪地照在两个人的脸上，可怕极了。

他紧盯着燃烧的火柴，又把它吹灭了。

"这样的情况……"

他只说了这么几个字，就沿着走廊朝前走去。

枪声响起

　　那天晚上八点左右，弟弟蛭峰康造家的晚饭吃得很晚。

　　一楼宽敞的大餐厅里，坐着康造老人、蛭峰良助、鸠野桂子及其丈夫鸠野芳夫。女用人从厨房端来各种菜肴，猿田管家有条理地把菜肴摆放到他们的面前。

　　主人蛭峰康造坐在大餐厅正中的座位上，背朝着壁炉，其右侧坐着蛭峰良助，左侧桌前坐着鸠野芳夫和鸠野桂子。

　　康造老人的正面有三个出入口，一个朝着地

下室厨房，一个朝着中央走廊，还有一个朝着拱形走廊。沿着这条走廊朝前走可以来到大客厅，而唯独这条走廊与大餐厅之间没有门，而是用厚绒门帘代替。

蛭峰康造胸前围着一条大餐巾，正在细嚼慢咽地吃饭。他吃的菜与众人不同，是特别制作的。对他而言，饭菜是最重要的。

对于漂亮的妻子鸠野桂子，鸠野芳夫还是像平时那样唯唯诺诺。夫人笑容满面，他就高兴。夫人板着脸，他就会惊慌失措。

蛭峰良助笑嘻嘻地望着这对夫妻，不时地嘲讽他们几句。

晚餐结束的时候，隔壁住宅的蛭峰丈二走进了餐厅。

鸠野桂子立刻命令猿田管家端上玻璃杯和菜肴，取过丈夫身旁的洋酒亲自为堂兄斟酒。

这么一来，鸠野芳夫变得孤独起来。鸠野桂子也不朝丈夫看一眼，只顾与堂兄蛭峰丈二说话。鸠野芳夫被冷落在一边，一声不吭地坐着。

蛭峰康造仔细地吃完晚餐，脸朝着坐在边上的鸠野芳夫说："芳夫，我有话对你说……就我俩。"

　　蛭峰良助以及鸠野夫妇都知道，父亲今天去过隔壁蛭峰健作伯父家了。他们对于两位老人之间的谈话进行了想象。

　　哼！居然把我抛在一边！

　　蛭峰良助心里不服，养父竟然不选择自己，而选择那个鸠野芳夫。

　　他气呼呼地走了，鸠野桂子也跟着站起来，牵着堂兄蛭峰丈二的手走出餐厅。

　　猿田管家和女用人则开始收拾餐桌上的碗筷和吃剩的东西。

　　"哎，别收拾了！你俩快出去！"

　　蛭峰康造吩咐老管家猿田和女用人离开后，让鸠野芳夫坐到自己身边后就说了起来。

　　"芳夫，我和隔壁老人之间发生了棘手的事情。我考虑了许多，基本上也下了决心。我跟良助和桂子说不到一块，打算先跟你说说我的想法。

　　"比起他们，我最相信你……我说说我与隔壁老人间的事。我昨天去过隔壁，发现哥哥病得很重，可他表面上装得很健康的模样。就我的观察结论来说，他在人世间的日子不长了。"

鸠野芳夫不停地点头，似乎从心底里感激岳父对自己的信任。

"我和隔壁老人是一对孪生兄弟，年轻时形影不离，情同手足。因此，我十分同情正在患病的他。但眼下最麻烦的，不是他何时康复，而是时间问题。

"他万一归天，全部财产将变成我的，他的两个儿子当然也就一无所有。隔壁老人最担心的，就是他两个儿子往后的日子怎么过，就是因为这他开始恨起我来。"

"可这是爷爷和大伯父生前决定的事情，就岳父和隔壁伯父的身体现状来说，是明摆着的，按理不应该遭到隔壁伯父的记恨呀！"

"但隔壁老人说，长寿的人应该把财产分一半给先死者的后代，要我跟他签订一份这样的保证协议……我注重钱，因此感到事情重大。养父和死去的哥哥用汗水积累的财富留给了我们，就是一日元也不能随便乱花。

"珍惜他们留下的财产，使这些财产增值是我们做后代的义务。可隔壁老人这样做，只是让他那两个儿子把必须珍惜的财产挥霍一空。无论多少钱给他那两个儿子，都会被胡乱花掉。我家里的良助虽说也没有什么出息，可还知道钱的价值，还有使财产增值的欲望。

"而健一和丈二只知道花钱。性急的隔壁老人，今天居然把律师也请来了，还让他书写协议。具体内容是活着的一方，在继承财产时应该分一半给死去一方的子女。而且，他已经在那份协议书上盖印了。"

"那，爸爸您是怎么回答的？"

"我说让我考虑一下，就回来了。可我是绝对不会同意他的要求的！因为，这是养父和哥哥生前的决定！"

"爸爸您完全在理。虽说蛭峰健一和蛭峰丈二值得同情，可……"

"照这么说，你和我是持相同观点。那我就放心了！不用说，我得回答隔壁老人提出的要求，但我想请你向健一和丈二传达我的想法，希望他俩别误解。"

"明白了。虽说向他们解释是得罪人的事情，可我觉得爸爸您的想法是正确的。我试试吧！你委托我的事情就这？"

"还有一件我根本不愿提的无聊事情，想顺便跟你说说，请你帮我想一个好主意。"

蛭峰康造说到这里笑了，表情十分尴尬。

"其实呀，是家里出了内贼。我那个手提保险箱里的钱在减少，发生这种情况已经不是一回二回了。昨天，我在保险箱里明明放进去三万二千六百日元，可刚才查过了，少了一千三百日元。"

"偷钱的人一定在想，从一叠纸币里抽掉几张，爸爸不会发现的。"

"嗯，好像是那样的动机。可即便少了一张一百日元的纸币，也不会逃过我的眼睛。"

"那保险箱好像是放在爸爸你的房间里的吧！"

"是的，放在房间的大橱门那里。"

"保险箱有锁吗？"

"有锁，而且也锁上了。但那把锁太简单，也许用其它钥匙也能打开。"

"把保险箱拿到这里来吧！"

"你去把它拿来，在大橱子里！"

鸠野芳夫出去了，宽敞的大厅里就剩下蛭峰康造一个人。他好像想到了什么，非常愉快，脸上露出微笑。

不一会儿，通向走廊的门开了，猿田管家的脸出现了，当察觉老人旁边的座位上少了鸠野芳夫时，不可思议地问道："芳夫去哪里了？"

"他去我的房间了，马上就回来。"

猿田管家立刻转身走了。这时，鸠野芳夫抱着岳父的手提保险箱进来了。当他把抱在怀里的保险箱刚放到蛭峰康造面前的桌子上时，猿田管家似乎就等着这一刻，又出现在门口。

"芳夫，有客人来访。"

"什么？我的客人？他是谁？"

"他说你知道……"

"那，他还在吗？"

"是的……"

"爸爸，我去一下就来。"

鸠野芳夫掀起天鹅绒门帘走进客厅，又马上返回餐厅，脸上的表情怪怪的。

"怎么没人呐？客厅和玄关内侧的客厅里都没有。"

他走到出入口掀开客厅的门帘让管家和岳父看。

"我确实把客人请到客厅里的……"

"猿田，你今天晚上到底怎么了？我正在跟他说话，你这样做不是给我添麻烦吗？"

蛭峰康造气呼呼地责备猿田管家。

"猿田管家大概看见幽灵了吧，客厅里分明是空荡荡的。"

"嘿，真傻！猿田，你要是真把客人请到客厅里，不可能没人。这么晚了，要是被歹徒潜入家里藏起来，那可就伤脑筋了！好了，你快把客人赶走！"

"是，我明白了！"

猿田管家离开了餐厅。

"芳夫，听好了，继续我们刚才说的话题。你瞧！就是这样，用其它钥匙也能打开这个保险箱。"

蛭峰康造从口袋里掏出一串钥匙，从中取出三把一个接一个地试着开保险箱上的锁。

"瞧，这把钥匙的形状很像，可它不是保险箱的钥匙。因此，内贼用其它钥匙打开了锁。肯定是这样的。"

"那上面应该有指纹吧！"

"没有，再说我不会漏掉这一点。每一次少钱的时候，我就用显微镜调查，都是我的指纹。那家伙开锁时多半是戴着手套的。"

"被盗走的金额累计有多少？"

"八千六百日元！两个月里六次。"

"如果小偷想在家里偷钱，按理可以不费吹灰之力就可以盗走十万日元或者二十万日元。可就偷那么点，看来是个非常胆小的家伙。就说我的钱包吧，一直放有十万日元左右，可是……"

"被盗的钱多和少是另一回事，必须把这个小偷抓住。你有办法吗？"

"放在保险箱里的钱，在纸币上面做记号怎么样？"

"什么？记号？"

"是的，在纸币的一角写上记号，那记号必须是粗看不会被发现的。用铅笔写容易被擦掉，用圆珠笔……那样的话，持有这记号纸币的人就是小偷。"

"哦，原来是这样的主意。好，马上写记号吧！虽然钱不多，但一放在里面就成了给小偷的奖金。"

蛭峰康造说到这里突然顿住了，竖起耳朵。

"客厅里有人！"

"你大概是心理作用的缘故吧，可能是电梯的声音。"

鸠野芳夫懒得站起来检查客厅，没有在行动上有所表示。

其实，猿田管家刚刚没有撒谎，确实有奇怪的客人，而不是幽灵。

那天夜里十点半左右，蛭峰康造居住的三角馆里传出沉闷的枪响声。

出事现场，是一楼的大餐厅。

住在二楼的养子蛭峰良助是第一个跑到大餐厅的。

他到达现场的时候，枪响还不到一分钟。他猛地推开房门冲入餐厅，一看见无力地趴在桌子上的养父，顿时愣了一下后立刻跑到了他的跟前。

当他抱起父亲的时候，蛭峰康造已经断气了，西装背心已经被鲜血染红。

蛭峰良助注视着站在养父身边的鸠野芳夫。

鸠野芳夫没有说话，眼神注视着遥远的地方。

"喂，你为什么不说话？你为什么杀父亲？"

不管蛭峰良助怎么大声呵斥，鸠野芳夫就像没听见似的，瞠目结舌的模样。

宽敞的餐厅，加之昏暗的灯光照在蛭峰康造苍白的脸上，给房间里蒙上了恐怖的阴影。

突然，鸠野芳夫举起一直垂着的双手，像翅

膊那样挥动着，嘴里大声喊叫，与平时的声音截然不同。

"是那一边，那一边！快、快、快……"

蛭峰良助脸色骤变，霎时间迟疑起来。稍后一瞬间，他不顾一切地朝鸠野芳夫手指的客厅那里跑去。

掀开门帘，发现客厅里的那盏大水晶吊灯已经熄灭，只有墙角那里的台灯亮着。

蛭峰良助朝客厅走了两三步，不由地轻轻叫唤起来。

桌子的后面，躺着一个身穿黑西服的人，他的两条腿先映入蛭峰良助的眼帘。

可是，那两条腿一动不动。

他终于镇定下来，战战兢兢地走到跟前，让他深感意外的是，那人居然是老管家猿田。

管家是正面向下躺在地上的，嘴里痛苦地呻吟着。

"喂，你是猿田管家吗？到底发生什么事了？"

他抱起管家。管家的那张脸已经变成紫色，五官肿得变了形，唾沫顺着张开的嘴直往外涌。

先喊医生，再喊警察。

他把抱起的猿田管家放到地上，跑到客厅里的电话机旁。

侦探登场

　　律师森川五郎回到家没多久，又风尘仆仆地去银座一家名为雄鸡亭的高级餐厅赴宴。几天前，他与一位好友约定今晚共进晚餐。

　　这位好友是日本第一大侦探，名叫明智小五郎。他俩从中学开始就是好朋友，两个人每个月在饭店里见一次面，边用餐边叙旧。

　　由于双方都担负着特殊工作的原因，彼此也都深信对方为自己工作上的秘密守口如瓶。有时候，互把对方视为出主意的人，公开自己在工作上遇到的困难或者棘手的问题。

那天夜里，森川律师就拜访蛭峰家的一些不可思议的事情，向明智小五郎说了大概。

明智小五郎同往常一样，嗯嗯地点头，很少插话，仿佛已经从森川律师简明扼要的叙述里悟出了什么。

两个人吃完晚餐后回到各自的住宅。大约一个半小时后，律师森川五郎家的电话响起了刺耳的铃声。

他拿起听筒，传来明智小五郎的声音。

"森川，你告诉我的那个蛭峰家，刚才发生了凶杀案，一个叫蛭峰康造的老人被枪杀了。警察厅的中村警长打来电话，要我立即赶到现场。你能不能一起去？如果你能来，也许能给我提供许多有参考价值的东西。我顺便去接你，请准备一下，好吗？"

森川五郎爽快地同意了。对于他来说，像这样的情况还是头一回碰上。迄今为止，他已经多次与明智小五郎出现在案发现场。现在听说是蛭峰家出事，兴趣更浓了。

片刻后，门口传来停车声，还传来明智小五郎劲头十足的说话声："森川，这么冷的天辛苦你了！"

"没关系，我也真想去呢！因为，我是蛭峰家刚聘请的法律顾问。"

两个人一坐到座位上，车便启动了。

"刚听说蛭峰家的情况，就发生这样大的事！大概是预感吧？你做了件大好事。能否再说一下他们家的情况？嗯，死去的蛭峰康造有没有养子或者养女？"

"有。养子叫蛭峰良助，单身。养女叫鸠野桂子，她丈夫叫鸠野芳夫，是一家证券公司的经营者，也住在蛭峰康造家里。"

"那个患病的蛭峰健作有两个儿子，叫什么名字？"

"一个叫蛭峰健一，一个叫蛭峰丈二，两个人都是游手好闲之人，不工作。"

"明白了，但最好别往那里想。因为，凶手未必在他们中间。"

明智小五郎说完不吭声了，没有梳理过的头发随着车的颠簸摇来晃去。

已经有两辆轿车停在三角馆里。明智小五郎和森川五郎走进玄关刚要打招呼，挂有"蛭峰康造"名牌的门开了，探出三张脸来，其中有一个女的。

"是警察厅的吗？啊！森川律师也一起来了！我是隔壁住宅的蛭峰健一，这是我弟弟蛭峰丈二，还有一个是我的姨妈穴山弓子。我们都惊呆了，刚听说发生了凶杀案。"

"我是侦探明智小五郎。照这么说，你们都居住在隔壁的住宅吧！为什么出现在这里？发生凶杀案的时候，你们已经在这里了吗？"

"没有，我们是接到通知过来的。"

"那好，你们先回自己的住宅吧！人多会造成现场混乱……总之，还有许多情况要请你们提供，请别外出！"

明智小五郎说完，就和森川五郎一直看到他们三个人走进了自己的住宅后，便朝玄关里的走廊走去。

出事现场的大餐厅里，人挤得满满的，是警察厅和当地警局赶赴现场的刑侦警察们。老人的尸体还是原来的那样，伏在桌子上，旁边站着身穿西装的绅士，好像是看护尸体的。他一看见明智小五郎来了，赶紧走过去。他就是警察厅的中村警长。

家人蛭峰良助和鸠野桂子以及丈夫鸠野芳夫围成一团站在角落里。

鸠野桂子坐在椅子上用手帕捂着脸，丈夫鸠野芳夫看着妻子的脸不时地轻声安慰。妻子桂子一个劲地摇头，蛭峰良助则把手臂挽在胸前，逐个打量着警察脸上的表情。

明智小五郎示意中村警长到走廊，与他悄悄商量着。

这时，客厅的门开了，闯入一个绅士。

"管家总算能说话了！上了年纪，身体虚弱，不过，他已经脱离危险。"

中村警长听他这么一说，转过脸朝明智小五郎说道："太好了！猿田管家是在客厅里被凶手打倒在地的，现在能开口说话了。"

"这是好消息！也许能从他那里获得什么线索？尸体检查的结果怎么样？"

"嗯，心脏受到枪击后当场死亡。伤口附近没有硝烟痕迹，不像近距离射击，子弹方向是稍稍向下进入心脏的。死者虽说是老人，但生前好像没有患病。下一步，必须解剖才能弄清原因。"

"嗯，那好，请允许我调查现场。"

明智小五郎得到中村警长的许可后走进餐厅。

墙角那里站着蛭峰良助和鸠野芳夫，脸上是目瞪口呆的表情，鸠野桂子不知去了哪里。

明智小五郎调查了餐厅里的窗户情况，所有的窗户内侧都上了插销。他随后走到房间中央，按顺序打量通往厨房、走廊以及客厅的拱形走廊。

他好像在思考，在那里站了好一会儿。过了一会儿，他跟站在那里的蛭峰良助说起话来："你是蛭峰良助吧！是你打电话报的警？"

"是的。当时我在二楼自己的房间里看杂志，大餐厅里父亲和芳夫正在谈话。突然听到巨响声，但我当时没想到是枪声，只是感到奇怪便下楼了。

一进入餐厅就看见父亲趴在桌子上，旁边站着芳夫。当时的餐厅里，除芳夫外没有其他人。"

身穿崭新西服、脖子上系着漂亮领带的蛭峰良助，边说边偷偷地望着鸠野芳夫。

"那好，我问问鸠野芳夫。"

察觉到明智小五郎的目光的鸠野芳夫，苍白的脸上顿时成了紫色。加之不怎么新的西服，给人一种非常寒酸的感觉。鼻子下边故意留着一圈小胡子，看上去比实际年龄要老许多。

"我坐在父亲的身边正要说话，他摆手示意我不要说话，还竖起耳朵细听动静。虽说他年纪已大，可听觉非常灵敏，好像听到了很轻的响声，接着脸转向客厅的门帘，似乎要站起来。

"我顺着他的视线向那里望去，门帘中间的交汇处好像有什么在晃动。到底是什么，我看不清楚，反正体积很小。霎时间，那里喷出了火花。显然，有人躲在门帘的后面朝这里射击。歹徒就打了一发子弹。"

"你接着说！"

"父亲呻吟了一声便趴在桌子上不动了，我惊呆了好一会儿，随即抱起父亲……"

　　"芳夫，你为什么不去追凶手？就是那个躲在门帘背后的家伙！"

　　蛭峰良助在一旁插话。

　　"这个我会解释的。当时我根本没想到父亲会死，见他伏在桌子上，满脑子想的是先救人要紧……再说凶手还握着手枪呢。"

　　明智小五郎一声不吭地走到门帘跟前。

　　"天鹅绒烧焦了，还有股硝烟味。"

　　蛭峰良助、鸠野芳夫和森川律师走到门帘跟前，查看被烧焦的痕迹。

可疑鞋印

"这事，我还想去问一下猿田管家。"

明智小五郎这么说着，掀开门帘走了出去。

他们三个人也跟着走过去。猿田管家的脸肿了，整个脸歪斜着。

"别紧张！能回答我提的问题吗？"

"能。瞧！我被打成了这副模样。"

"你看见凶手了吗？"

"看见了。那家伙持枪射击的时候，我看得清清楚楚。"

"那人大概是和你的主人说话的鸠野芳夫吗？"

"什么？那怎么可能！鸠野芳夫先生和主人在说话，而那家伙是从外面闯进来的，是一个长得像妖怪的恐怖家伙。"

　　"嗯，是从外面来的？你是怎么知道的？"

　　"我听见玄关门铃响后跑去开门，那家伙站在门口说是和鸠野芳夫先生约好的。我虽觉得那人可疑，但还是把他请到了客厅，向鸠野芳夫先生报告了这一情况。"

　　"原来是这样，那后来呢？"

　　"我和鸠野芳夫一起走到客厅，不料那家伙消失了，害得我被主人狠狠地训斥了一顿，要我找到他后轰出去。我走出餐厅在住宅里找了好一会儿，奇怪的是连他的影子都没看见，无奈地返回客厅，谁知那家伙从角落里冒了出来。"

　　"你大概记得那人的长相吧。"

　　"记不得，因为看不见他的脸，只感觉是一副凶相。他来到客厅，竖着大衣领子，戴着帽檐几乎压在眉毛上的礼帽，看不清楚脸的模样。"

　　"大衣的颜色呢？"

"鼠色，从头到脚是清一色的鼠色。"

"有什么特征吗？"

"怎么会没有呢！是看一眼就永远不会忘记的残疾人！他的右肩上好像长了一个鼓得高高的大瘤子，左肩则朝下垂得厉害，脖子朝左斜的幅度很大，走路时拖着左脚移动。"

"猿田管家，长相这么怪异的男子，你为什么要把他请到客厅？把他拦在玄关那里该多好，可偏偏……"

"一开始我没想到这家伙会那么狠毒，硬是把我打倒在地上，进客厅前更加狠毒，再次出现时更加粗暴。"

"第二次见到的时候怎样了？"

"我根本来不及逃走。突然，他就向我扑了过来，猛击我的下巴。我被打倒在地既不能动弹也喊不出声，眼前昏昏沉沉的，可我没有昏迷。因此，那家伙的所作所为都被我看见了。

"那家伙见我倒在地上，便跑到通往餐厅的门帘那里。我没有见过那种射击架势，但一听到枪声就全明白了。躺在地上的我全身不能动弹，只能眼巴巴地看着他逃之夭夭。"

"凶手朝哪里逃走的？"

"从小门逃到了走廊上，那后来我就不知道了。如果他想逃跑，不管是前门还是后门都能逃走。"

"噢，原来是这么回事。你大概已经累了，我们暂时就说到这里。"

明智小五郎和森川律师说了一些安慰猿田管家的话后，来到走廊上。

这时，中村警长也急匆匆地走到他俩跟前。

"明智，有重大发现！"

"什么？"

"脚印。你跟我来！"

中村警长推开与客厅门相对的房门，带他们朝厨房走去。

面朝后院的玻璃窗户敞开着。

"看来，凶手是从这里逃跑的，就这扇窗户是开的，所以我特地在这里调查了一番。你们瞧！"

院子里从早晨开始就没人散步，堆积了厚厚的一层雪，但从窗户下边到后门那儿的积雪上有一连串脚印。

"嗯，好像是从这里逃走的，可窗户下边是水泥地面，没有积雪，即便跳下去也不会有脚印，因此脚印是从水泥地面向后门那里延伸，并且不光有脚印，还有其它东西。这样吧，我们从地下室朝院子里试着走一下！"

中村警长走在前面，走完昏暗的楼梯，经过地下室厨房来到厨房的后门，再沿门外的楼梯朝上走了四五步台阶后便是后院。

"我还没用手触摸过这些东西，请用手电筒照亮这里！"

取过中村警长的手电筒朝那里照去，果然有许多东西散在地上，鼠色大衣、鼠色礼帽、鼠色手套，还有手枪。

"呵，这是手套吗？按理上面应该留有指纹吧！礼帽、大衣都是新的。嘿，商标都被割下带走了，不用说，口袋里是空的。"

明智小五郎自言自语地说着，蹲在地上照亮雪上的脚印，片刻后转过脸朝中村警长问道："嘿。这是走起路来会发出声音的鞋子，多半不是凶手平时穿的鞋子，最好能取下它的模型。"

鞋印一直延伸到后门，消失在河边的路上。右脚印很普通，左脚印好像是拖着脚走的。这与猿田管家说的瘸腿是一致的。

"明智，快到一点了！再调查也不会有什么新线索，暂时就请回吧！我安排几个留下就也回去了。"

中村警长用手电筒照了照手表说。

"行！两边蛭峰家的人，应该规定他们在相当一段时间里不准外出。我们就明天见吧，告辞了！"

明智小五郎向中村警长打完招呼后，和森川律师坐上等候在外面的轿车。

"罪犯如果不是家族成员，事情就麻烦了。"

轿车刚一启动，森川律师就说了起来。

"你那样认为？"

"这不是明摆着的吗？从脚印和留下的东西来

看，多半是那么回事。"

"那纯粹是哄骗孩子的把戏。你看了脚印后不觉得有什么可疑之处吗？如果一点也没有感觉到，那说明你的脑子有问题。"

"可我确实没感觉到什么呀！"

"你想想那院子里不是有一条通向后门的石子路吗？凶手为什么不走那里，而偏偏要在会留下脚印的积雪上走路？这是第一个疑点。"

"噢，你是这么分析的，看来凶手是想故意暴露本应该隐藏的脚印。"

"第二个疑点，凶手为什么要把化装道具扔在那里？还煞有其事地弄去商标、抹掉枪上的指纹。根据众多案例来看，罪犯通常会把成为证据的东西扔到远离案发现场的地方。"

"呵，原来是这样……"

"第三个疑点，后门虽是关闭的，可只要卸下门闩就可以打开，不需要钥匙。可罪犯偏在门内侧上门闩，这是为什么？"

"大概是爬到门上逃走的！"

"要是那样，理应留有爬的脚印。可我调查过了，那样的痕迹没有。"

"那凶手逃到门外又是用什么方法在门内侧上门闩的呢？"

"喂，你别说傻话！配菜间的窗户不是敞开的吗？再说化装道具是扔在那里的。如果从这里逃走，应该留有脚印！可见，有人煞费苦心地插上门闩。难道不是这样吗？"

"原来是这么回事。我是一个完完全全的门外汉，只会看表面现象。"

"要说结论，凶手没有逃走。"

"什么？照你这么说，凶手是蛭峰的家族成员。"

"嗯，说得确切一点，凶手就在这两家。两家使用一部公用电梯，任何时候都可自由地走来走去。"

"等一下！凶手从窗户跳到地面留下脚印，扔下化装道具走到后门，返回时走在碎石路上就不会留下任何脚印。这个推理行得通，可凶手从哪里潜入？从配菜间的窗户潜入的说法很勉强，因为地下的楼梯在地下室。要是从一楼的窗户，其高度在一楼与二楼之间，就是爬也不行啊。

"从那里鬼鬼祟祟地爬进去，肯定会被察觉！照这么说，应该是从地下室的入口。可那里的门内侧插有门闩，中村警长调查过那里，这不会有错。由此可见，凶手虽留下脚印，但从客观上是无法进入住宅的。明智，这你怎么解释？"

"其实，我早就想要说的，这算是第四个疑点。"

森川律师说完后盯着明智小五郎的脸。

"呵，了不起，了不起，你居然连那里也想到了！"

"凶手作案后只是把化装道具从窗户那里扔了出来。"

"什么？你的意思是说，凶手没有离开住宅一步？"

"是的，地上的脚印是作案前的白天留下的。凶手无疑知道这么冷的天积雪不会融化。他之所以这样做，目的是想让办案人员根据案发后扔下的化装道具，判断脚印是枪击后留下的。可见，凶手这一招想得真美！"

"我明白了！凶手是一个诡计多端的家伙！"

他俩谈到这里，都很快意识到该案的侦破难度，好一会儿没有吭声。车停在森川律师的住宅前，森川律师好像想到了什么，大声嚷道："鞋子！喂，明智，那双走起路来有响声的鞋子！凶手穿过的那双鞋子怎么没见着呀？只要找到藏鞋子的地方，也许那就是找到罪犯的关键证据。"

"是啊，那情况我早就明白了！"

"什么，你已经明白了？"

"那情况你不是比我先知道吗？比我知道得更具体。"

"你是说我？"

"是呀，你忘了？昨天吃晚饭时，对我说起白天拜访蛭峰家时的事情。你一开始就提到了那个牛皮纸包，它不是从你头上飞过掉到河里的吗？你想想看，那牛皮纸包里会装着什么？"

"啊，难道是那双鞋子？"

"我想是的。你沿河边走的时候，正巧是凶手在院子里伪造脚印的时候。当时，你与凶手之间仅隔着一道围墙哟！"

明智小五郎笑嘻嘻地看着森川律师。

谁是凶手

次日清晨，明智小五郎与森川律师一起去蛭峰家。

轿车开到三角馆附近时，明智小五郎突然想起什么，急忙吩咐司机把车停在距离蛭峰别墅较远的地方，他下车后沿着冰雪已经融化的大道步行。

"这么古老的建筑居然被保存了下来！"

三角馆在早晨的阳光里显得黑而陈旧，墙面似乎好久没有被清洗过了，脏兮兮的。

"在当时它肯定是一幢时髦的建筑。"

他俩在玄关前站着仰望了一会儿建筑，片刻后走到了里面。

换鞋处的左侧是发生凶杀案的蛭峰康造家。推开房门，光线暗淡的客厅里站着一个刑侦警察。

"早上好，你辛苦了！有什么异常情况吗？"

"早上好，这里一切正常。"

"猿田管家怎么样？"

"他已经恢复元气，好像在配菜间。"

明智小五郎听警察这么一说，催促着森川律师去配菜间。

"这么早就打搅你，会妨碍你的工作吗？"

配菜间里鸠野芳夫正喝着猿田管家端来的咖啡，一听见明智小五郎的声音，不知何故脸色立刻红了，慌忙地站起身来。

"请两位坐下，别介意，猿田管家，他俩昨天晚上光临过这里，一个是律师，叫森川五郎；一个是大侦探，叫明智小五郎。去给他们沏咖啡吧。"

这儿是配菜间兼餐厅，早餐和午餐都在这里用餐。晚餐以及邀请客人用餐时，才会改在大餐厅。

猿田管家的脸仍然肿着，面色很难看。他向两位客人打过招呼后就离开房间出去了。

"他看上去年纪很大了，大概很早就在这里当管家了吧。"

明智小五郎看到管家的背影消失后转过脸问道，没想到鸠野芳夫突然慌张起来，望着明智小五郎。

"嗯，他在这里很长时间了，小时候就在这里，是爷爷把他带大的，在我们还没有出生前他就已经在我们家了。抽烟吗？"

鸠野芳夫从口袋里取出一盒外国进口烟，向他俩递过去。

"你们是调查昨晚发生的事情？"

"是的。昨晚没能问详细，因此……想请你按顺序再叙述一遍。"

"好，我明白了。"

鸠野芳夫详细地说起了昨晚案发的过程。

他从开始吃晚饭说到吃饭时发生的情况，又说到隔壁住宅的蛭峰丈二来餐厅玩，再到蛭峰康造命令自己留下让其它人回房间的情况。他说，孪生兄弟的蛭峰健作和蛭峰康造，根据爷爷和大伯父生前的遗书规定，他们的财产只能由一个人继承。那就意味着寿命长的那个才能得到财产。

"由于隔壁的蛭峰健作患病，他担心两个儿子在他死后没了经济来源，便要求我岳父答应在他死后将爷爷和大伯父留下的财产分一半给他那两个儿子，并要求签订协议。可我岳父拒绝了这样的要求。"

"你岳父在说话过程中听到过奇怪的响声吗？"

"要说奇怪的响声倒是有，还不时地传来。我没有听见，但岳父耳朵挺灵的，说客厅里有人，还竖起耳朵听了好一会儿。你们大概已经知道，昨晚有一个奇怪的家伙来我家找我。

"我一听说就赶紧去了客厅，可没发现有人。我和管家在客厅里及其它地方找过，根本没有那个找我的人。但岳父说有人，还说一定藏在家里的什么地方，命令管家找到后轰他出去。现在想起来，岳父的第六感觉是对的。"

"原来如此。照这么说，你岳父在晚餐结束后是第一次对你说他已经决定拒绝蛭峰健作的建议吗？在此之前，你不知道岳父是什么打算？"

"不知道，但大致能猜到。就岳父的性格来说，他是不可能接受这个建议的。可岳父亲口那样说，我还是第一次听到。"

"你岳父一旦做出决定就绝对不改变吗？"

"他生性固执，一旦做出决定是不会改变的。"

"他跟你就说这些事吗？"

"他还说了一件事，说自己的手提保险箱里虽然钱不多，可经常被偷，尽管被盗的只是其中很小的部分，但心里十分恼火。为杜绝这一情况，他让我替他出主意。"

鸠野芳夫又说到他去岳父的房间取来手提保险箱，与岳父一起检查锁的情况。保险箱上是非常普通的锁，只要是形状大致相同的钥匙都可轻松地打开保险箱。作为抓小偷的办法，他建议放入保险箱的纸币写上一个别人看不清的小记号。

"那保险箱上的指纹检查过了，只有你和你岳父的指纹，看来盗贼是非常谨慎的惯犯。为慎重起见，我想当着你的面再检查保险箱上的指纹。如果你觉得可以，请把保险箱拿到这里来！"

明智小五郎说完，鸠野芳夫马上站起来，片刻后就把保险箱抱来了。

"森川，你打开保险箱取出里面的东西！我想记录一下里面的钱币。"

森川律师依照明智小五郎的吩咐，用鸠野芳夫递给的钥匙打开保险箱取出了纸币。一千日元的纸币是二十七张，一百日元的纸币是二十九张，两叠纸币的腰间有捆扎得非常整齐的纸带。除纸币外，没有其它东西。

明智小五郎让森川松开纸带，然后一张一张地检查纸币，在笔记本上记录着什么。森川律师和鸠野芳夫眼神很茫然，不可思议地望着明智小五郎那只不停记录着文字的手。

其实，明智小五郎也就是这个时候才洞察到了隐藏在凶杀案背后的秘密。

保险箱的调查结束后，明智小五郎把笔记本放入口袋里，一脸严肃地看着鸠野芳夫。

“芳夫，你是否把昨晚的整个过程都说了，有什么漏掉的地方吗？”

“应该没有，就这些。当时，也就是我岳父正要关闭保险箱的时候，他说他听到了奇怪的响声。这时从门帘中间的交汇处出现了枪口，我岳父突然被子弹击中。”

“那好，猿田管家，现在请你说说情况。”

明智突然问他，惊得森川律师赶紧转过脸来。不知什么时候，猿田管家已经站在身旁。思路敏捷的明智小五郎，早已察觉到他。

猿田管家提心吊胆地走到前面，恭恭敬敬地鞠躬行礼。

“我该怎么说才好呢……”

“你就说说凶手的身高吧！我的身高是一百八十厘米，森川律师的身高是一百七十八厘米。请森川和芳夫站直了，再请猿田管家比较一下我们的个头。怎么样？我们三个人中间，芳夫的身高最矮吧！芳夫，你身高多少？”

“我身高大约一百七十二厘米。”

"猿田管家，怎么样？我们三个人，谁的身高最接近那个凶手？"

"我看得不是很清楚……大概和森川的身高有点像……不，比他的个头好像还矮点？"

"没看见他的脸长什么样吗？"

"帽檐和竖起的大衣领子遮盖了那家伙的脸……不过，粗看他的脸色偏黑。"

"那个男子你一次也没见过吗？"

"是的，我一次也没见过。"

"右肩朝上，左肩朝下，腿有点瘸，是吗？"

"是的，我看到的就是那模样……"

猿田管家说完还特意模仿凶手，由于脸肿了，让人看了怪可怕的。

明智小五郎问了这些情况后，从椅子上站起来。

"好，不打搅你们了。"

猿田管家赶紧前去开门并彬彬有礼地送明智小五郎和森川出去了。

明智小五郎和森川律师朝鸠野芳夫点头示意后，来到了走廊上。

两个人刚到走廊便遇见从楼梯下来的蛭峰良助，那模样好像睡眠不足，眼睛红红的，看到他俩像碰上敌人似的，表情僵硬，开口就问："哎，还没抓住凶手吗？"

明智小五郎朝他笑了笑答道："能这么快抓住吗？警方已经使用各种手段全力查案，相信要不了多久凶手会暴露的！呵，凑巧在这里遇上你，想问你一下。"

"问什么？"

蛭峰良助的脸上立即流露出不高兴的神情，大着嗓门反问。

"你昨晚是在什么地方听到枪响的？"

"昨晚我不是说了吗？是在自己的卧室看杂志时听到的。"

"听到枪响后你立刻下楼跑到大餐厅里的吗？在下楼前你还喊过住在三楼的女用人，是吗？"

蛭峰良助听到这里，眼睛瞬间变成三角状，比较着他俩脸上的表情。

"那又怎么了？我是喊她们了！难道不可以

喊吗？"

"不，我不是这个意思！猿田管家看见的那个凶手，你想过大概会是谁吗？"

"没想过。"

蛭峰良助像下什么决心似的，说完就想赶紧离开。明智小五郎喊住他，语气温和地继续问道："你妹妹叫鸠野桂子吧！我们想拜见她一下……"

"现在不行！昨晚的噩耗使她成了病人。请你们过一会儿再去。再说这起凶杀案她什么也不知道。"

"不，我想知道的是案发时她在哪里？"

"这，你不问也清楚，她在三楼的卧室里，没听见枪声。"

蛭峰良助说完立刻就走了，走进鸠野芳夫还在的配菜间里。

明智小五郎目送他走进配菜间，皱了一下眉头嘀咕道："这人火气还挺大，是一个任性且容易走极端的人。这样的人一旦被激怒，什么事情都干得出来。"

这时，玄关门开了，一个刑侦警察走进来，走到明智小五郎跟前耳语了几句。

"啊，原来是这样！太好了，就这么办！森川，你先去隔壁蛭峰健作的房间等我。接下来，我准备向隔壁的人打听当时的情况。再说蛭峰健作也想见见我们！我和警察商量完后就过去！"

明智小五郎和警察一起朝走廊的深处走去。

善良老人

　　森川律师按响了隔壁住宅的门铃后，昨天白天拜访这家时曾为他当向导的女用人出现了，把他带到了客厅里。

　　他一坐到椅子上，眼前便浮现出昨天白天拜访这家时的情景。可打那以后到现在还没有过去二十四个小时，这里已经发生了变化。想到这里，他的心情不由得沉重起来。

　　假设院子里的脚印是伪造的，凶手就是这两个家庭成员中的其中一个人。

　　那么，杀了蛭峰康造就能得到利益的人是谁

呢？应该是这家的蛭峰健作！他的两个儿子蛭峰健一和蛭峰丈二是一对很难对付的兄弟。明智小五郎会用什么办法询问他们呢？

就在森川律师陷入沉思之际，隔壁房间传来说话声。

"是真是假啊，反正可疑。"

说话的，是蛭峰健作的长子蛭峰健一。

"不，不会是谎言。我跟堂妹桂子说得很清楚，'你是鸠野芳夫的妻子，最好克制一下自己任性的脾气，做一个好妻子'。"

说这话的，是蛭峰健作的次子蛭峰丈二。

森川律师一听兄弟俩在说话，联想起昨天他俩的对话不由得目瞪口呆。

"嗯，你有这么大的变化，这里肯定有什么原因。"

"怎么会没有原因？我是想重新改变一下自己。"

"什么？你想改变自己？到昨天为止，你不是还在说父亲的身体状况，说我们有可能变成叫花子。你过去那么担心，现在叔叔死了，你知道可以拥有巨额财产了才这么说，脑子转得真快！简直是一百八十度大转弯。"

说到这里时，兄弟俩的说话声突然变小了。

这时，森川律师的肩膀被一只柔软的手触摸了一下，他赶紧转过头朝后看去，原来是明智小五郎，不知什么时候已经站在他的身后了。

明智小五郎用眼神朝森川律师打招呼，一边朝电梯那里走去一边轻声地说："森川，刚才他俩的话我也听到了，真有趣！"

电梯前站着那个女用人，正在等着他俩。

"主人在三楼等候你们光临。"

他俩走进电梯里按了一个"关"，于是电梯升向三楼。那里的门前也有一个女用人等着，带他们去了老人的房间。

推开房门，女用人先进去报告，接着他俩一前一后地走进去。只见坐在沙发上的蛭峰健作微微睁开眼睛，没有一点光泽的脸上布满了皱纹，看上去十分憔悴、消瘦，就一个晚上而已，他已经变成了这般模样。

"蛭峰先生您好点了吗？我是森川五郎，他是侦探明智小五郎。"

"噢，森川，明智，你们辛苦了！"

有敲门声，是蛭峰健一和蛭峰丈二兄弟俩，径直走进了房间。

"明智，我这两个儿子就是不听话，非要挤在这里，妨碍我们吗？"

蛭峰健作声音嘶哑，语气尴尬。蛭峰健一走到老人背后说："爸爸，这可不行。医生不是说了吗？首先禁止的，是您与别人谈话。"

他转过脸朝明智小五郎说："请尽量简短一些！你也看到了，父亲的身体很不好。"

"刚才问过女用人了，说是昨晚又发作了。你很担心，但我们决不会占用很长时间。蛭峰健作昨天夜里发病，大概有什么原因吧！"

"没有，根本就……"

蛭峰健作听他说到这里时轻声地笑了。

"医生说的话你必须听！我们刚才调查过了，昨晚那意想不到的事件使你的病情恶化了。"

"什么？你都知道了？昨晚我离开房间走到外边……"

"是的，你是在隔壁二楼走廊上吧！"

明智小五郎的目光紧盯着老人的眼睛，老人耷拉着脑袋无精打采的样子。

"我当时疯了，如果就这么死去，两个儿子就会变成要饭的叫花子，心里急得坐立不安，觉得不能这么等他的回音，无论如何得主动找他，让他听我的。"

"那，你见到蛭峰康造了吗？"

"没有。我使出全身的力气乘上电梯下到一楼，沿走廊走了两三步。当时难受得快要死了，不得不回到自己的房间。为什么会走到这种地步……拼死拼活，不顾一切，唉，太愚蠢了。"

明智小五郎没有说话，全神贯注地听蛭峰健作说话。

"康造太可怜了！按照父亲的遗嘱努力活到现在，却死在我的前头……"

老人嘀咕着，热泪不停地沿着消瘦的脸向下

流淌。

"森川，那份协议书写好了吗？抓紧写！我要在上面盖印，让康造看我说到做到的证据！"

"什么？你是说尽管蛭峰康造死了，你还是要分一半财产给他的子女？"

森川律师不由得提高嗓门。

"是的，我当然要那样做。从一开始我就是那么说的，即便现在的情况发生变化我仍然不会改变。"

"爸爸！"

蛭峰健一和蛭峰丈二听父亲这么说，从两边朝父亲扑来。

"爸爸，那事情以后再说吧！现在说这个，过度激动会伤身体的。森川，这件事情抽时间再慢慢商量吧！今天，你们就暂时回去！"

无论发生什么，表情总是冷冰冰且不动声色的蛭峰健一，这时的表情变得十分认真，一脸严肃地望着森川律师，蛭峰丈二也面红耳赤地嚷道。

"你们俩都给我安静一点！森川！快写！我是

一个也许明天就会死的病人，哪怕活到今天晚上也要盖章确认。"

蛭峰健作使出全身的力气说道，而蛭峰健一却大声嚷嚷着，企图遮盖老人的说话声。

"森川，我爸爸现在不正常，应该说不是能决定法律问题的状态。请你暂时回去！否则我爸爸会有生命危险。"

"明白了！这就回去！可我必须把委托人蛭峰健作的要求写进协议书里，我今晚就把协议书拿来。"

森川律师斩钉截铁地说。

蛭峰健一怒目圆睁，眼看就要朝森川律师扑来，但又好像突然想起什么，立刻恢复了平日里厚颜无耻的表情，虽没有张嘴说什么，可脸上似乎在说，好吧，咱们走着瞧，你一定想这么做那就试试看！

财产平分

　　森川律师离开蛭峰健作的房间后，决定先返回律师事务所写协议书。他用电话与明智小五郎联系，约定在三角馆附近的餐馆见面，打算边吃晚饭边讨论案件。

　　"协议书写好了，在我包里。"

　　森川律师一进入餐馆，发现明智小五郎早已坐在餐桌前等他。

　　"好，都准备好了，只要蛭峰健作在上面盖印，财产就可分一半给蛭峰康造的子女。说实在的，蛭峰健作知书达理，可他的儿子根本不讲理。"

明智小五郎没有说话，好像在思考问题。服务生很快端来饭菜，他不着边际地边说边吃。他吃完晚饭即刻喊来服务生，用命令的口气说道："我俩有事要谈，请别让任何人进来！"

他吩咐完毕后就将小包房的门关上了。

明智小五郎把椅子从桌边挪开，一改刚才正襟危坐的姿势，点起平时最爱抽的菲洛卡埃进口烟猛吸了一口，烟雾往天花板上慢慢飘去。

他在烟雾里紧闭着眼睛冥思苦想，片刻后把烟头按在烟缸里，一边将它熄灭一边说："被称为养父的人，在关于财产继承的遗嘱里藏有引发凶杀案的动机，这一点是非常明显的。"

"看来凶手是在蛭峰健作这边的，因为杀了蛭峰康造而得利的是蛭峰健作及其家人，所以……"

"你那样判断？不能草率下结论。干侦探这一行要怀疑所有人，但最不可疑的人物必须要严密监视！"

"我离开后你是不是调查了所有人，看看他们是否有作案时间。"

"是的，你回到律师事务所后，我逐个进行了询问。有的人说自己当时在图书室里看书，有的人说自己在卧室里看杂志……可枪响时两家的人都独自在房间里。每个人都这么说，可都拿不出证据。也就是说，每个人都提供不出不在现场以及没有作案时间的证人。"

"但是，鸠野芳夫和猿田管家在案发现场。"

"是的，这点是最清楚的。鸠野芳夫帮助蛭峰康造从二楼取来手提保险箱，从那时起到枪响就他和老人。在客厅角落里出现的怪人将管家打得无法动弹后，又从门帘中间的交汇处伸出手枪。这情景，猿田管家说他看得清清楚楚……问题是，这仅仅是他本人这么说，而没有事实依据。还有鸠野芳夫与猿田管家之间隔有门帘，谁都看不见谁，他俩好像都提供不出自己不在现场以及没有作案时间的证据。"

"嗯，长得像猴子似的猿田管家，我对他没好感，因为那家伙表里不一。每当我看他的脸时，他就会把脸扭向一边，装作若无其事的样子。可当我们不注意时，他便紧盯着我们。我已经看到两三回了，他总是盯着你的背部。"

"你说的这个情况我也察觉到了。那模样好像是老人的神经质病态。三角馆里的人多多少少都有些神经质，只是程度不同而已。"

"是呀，蛭峰康造的家人只要没有神经病，就没有杀害父亲的理由。试想，杀了父亲，他们都将变成一无所有的乞丐。可蛭峰健作这边不同，蛭峰健一是一个什么都干得出来的男子；蛭峰丈二是一个根本没有道德观念的家伙。

"穴山弓子把他俩当作自己的儿子，所以养成了他们这样的怪异性格。归根到底，是穴山弓子太宠他俩的缘故！为了他俩，这女人哪怕赴汤蹈火也在所不惜！瞧她的模样，冷若冰霜，毫无表情，是一个十足阴沉的女人，与猿田管家正好是一对。"

"是啊，回到刚才的话题，虽说两家人我都问了，可还剩一个人我还没问。"

"我想，那个蛭峰健作应该不算在内吧！他不是已经决定把一半财产分给死者的子女了吗？那么好心肠的人难道会杀人？"

"嗯……根据我今天了解到的情况，他昨天在蛭峰康造那边的二楼走廊上徘徊过，被隔壁的女用人看到了。我思考过，一般来说，品行正直的人，更不能忍受一方变成富人一方成为乞丐的不公平现象。"

明智小五郎满脸笼罩着烟雾，目光透过烟雾望着遥远的地方。

"明智，你大概已经知道凶手是谁了吧。"

"森川，我怀疑所有的人，只是没有像你那样把情况分成白与黑……但我觉得凶手马上就会出现在我的视线里。这样的预感，不间断地在我的大脑里掠过。"

明智小五郎十分坚定地说道。

七点刚过一会儿，他俩离开餐馆朝三角馆走去。

按响蛭峰健作家的门铃后，出来迎接的是长子蛭峰健一。

森川律师一走进去便把包放在客厅的桌子上，

脱下风衣和帽子放在桌子旁的椅子上。

明智小五郎把帽子放在同样的桌子上，把风衣放在另一张椅子上。

桌子上放有台灯和花瓶，花瓶里插有开着小黄花的花束，台布上有黄色的花粉。

蛭峰健一一边把他俩请入客厅一边说："今天，隔壁住宅的堂弟堂妹和堂妹夫都在我们的餐厅里吃了晚饭，现在正聚集在客厅里。"

蛭峰健作要将财产的一半分给死者子女的意愿，好像已经在两家人之间传开。他们都很激动，脸上没有为蛭峰康造的死而悲痛的表情。就连蛭峰良助和鸠野桂子，脸上也掩饰不住喜悦。

"如果可以，我想马上见你的父亲。"

森川律师对蛭峰健一说道。

蛭峰健一白天里极力阻挠和反对，但现在也许觉得大势所趋，用很平静的语气答道："请等一下，我现在就吩咐女用人去请父亲过来。"

他这么说完后便迅速地出去了。

明智小五郎问身边的蛭峰丈二："你爸爸情况

怎么样？"

"好像好了许多了！"

接着，他像追赶哥哥蛭峰健一那样也出去了，不知去哪里了。

不一会儿，站在餐厅附近的森川律师听到男女说话的声音。

"请忘掉白天说的事情！从昨晚发生凶杀案开始，我有点糊涂了，现在我们应该友好相处，你应该像过去一样跟我友好相处，好吗？"

"这我清楚。如果你是真心实意，我想我应该会和你友好相处下去。"

说完笑嘻嘻的。她是鸠野桂子。

森川律师大吃一惊。今天上午，蛭峰丈二向哥哥蛭峰健一保证，绝对不和鸠野桂子交往，自己也听得明明白白的。

刚才的这番对话表明，蛭峰丈二又与鸠野桂子重归于好了。

这时女用人进来了，说蛭峰健作在等他。

"森川，我在这里等你！"

"那也好。咦，我的包在哪里呀？"

"在桌子上！"

明智小五郎一边说一边想起了什么，与森川律师一起来到客厅。森川律师从桌子上取过皮包并夹在腋下，明智小五郎把帽子拿起来，掸掉落在帽檐上的花粉。

森川律师跟在女用人的身后消失在电梯里，明智小五郎目送森川律师走后便把帽子放回原处又返回了客厅。

协议失窃

"搜索情况到底怎么样了？凶手还没有抓住吗？"

蛭峰良助一把抓住明智小五郎的胳膊问道。

于是，明智小五郎向大家详细介绍了几天来的排查结果，从自己的调查一直说到警察厅中村警长的侦查情况。

"总之，本案件的奇特和蹊跷是过去从未有过的。案情复杂，还需一点时间，但我一定会把凶手抓住并带到大家的面前。作为我，还有警方，再次诚恳地要求各位主动协助和配合。"

大家认真地听着。

鸠野桂子靠在丈夫身边听明智小五郎介绍凶杀案的侦查进展，她的丈夫鸠野芳夫尽管也在听明智小五郎说话，可更注意妻子脸上的表情，时不时地转过脸注视她，似乎很担心。

蛭峰良助把双手插在口袋里站着听明智小五郎说话；蛭峰健一靠着桌子紧盯着明智小五郎的脸，还不经意地转动手指掸掉西服袖子上的黄色花粉。黄色花粉，与明智小五郎帽子上沾的黄花粉一模一样。

蛭峰丈二靠坐在长沙发上，无精打采地望着窗外。穴山弓子坐在长沙发旁边的椅子上，那张脸毫无表情，视线一直朝着明智小五郎。

明智小五郎说完的时候，凑巧森川律师回来了。蛭峰良助和鸠野桂子见状，脸上浮现出完全放心的神情。

"我向大家通报刚才的情况，蛭峰健作已经在这张协议上盖印。"

森川律师从包里取出牛皮信封，抽出那张折叠的协议给大家看。

上面的内容是这样写的，即把蛭峰健作得到的全部财产分一半给蛭峰康造的家属，也就是蛭峰良助和鸠野桂子，上面还附有详细的财产目录表。

这张协议在大家的手中传阅，最后传到明智小五郎手里。他迅速浏览了一下，从森川律师手里接过信封，把协议装在信封里交给森川律师并放进了包里。

"好了！大家已经都知道了，全部财产的一半分给蛭峰良助和鸠野桂子了。剩余的一半是父亲蛭峰健作离开这个世界时归我和蛭峰丈二兄弟俩所有，是这样吗？"

"是的。"

"这样的话，我们大家就不会有恩恩怨怨了。"

蛭峰健一这样说完，皮笑肉不笑地离开房间，步子迈得很大。

"有其它问题吗？"

谁也没有提什么问题，也都觉得没什么事了，一个个回到了自己的房间。

"现在，我的作用结束了！真累呀！浑身筋疲力尽的，明智，你不想回去吗？"

森川律师等这两家人离开餐厅后，有气无力地坐到椅子上。

"嗯，我还想再问一下那些女用人，不需要很长时间，你就再等我一会儿。问话结束后，我用车送你回家！"

明智小五郎迈开双腿又朝客厅跑去，森川律师把皮包夹在腋下，无可奈何地紧随其后。

他俩取过放在客厅里的帽子和风衣走到电梯的前面，接着穿过电梯走到隔壁的蛭峰康造的住宅里。

他俩朝客厅走去，刚走几步突然站住了，两个人都听到了奇怪的声音。

好像在客厅里？

明智小五郎用眼睛朝森川律师示意，接着径直走到客厅猛地推开房门。

宽敞的客厅里，只有一侧亮着台灯，光线昏

暗，弥漫着阴沉沉的气氛。明智小五郎定睛一看，有人正跌跌撞撞地朝自己走来。

"啊，是猿田管家？"

原来发出齿轮般响声的人，竟是猿田管家。

"这，太意外了……是我的过错，把这么难听的曲调灌入你的耳朵了。"

猿田管家听见明智小五郎的声音，抬起头，满脸尴尬的表情，战战兢兢地说着。

"猿田管家，我想跟女用人们打听情况，你能否把她们喊到这里来？"

"好，我这就去。"

猿田管家出去后，明智小五郎沉思起来。突然，他转过脸望着靠在椅背上的森川说道："森川，在女用人来这里前我想再去一下隔壁的住宅。如果女用人来了，你让她们去配菜间等我。"

"好的。"

森川律师有点不耐烦了，心不在焉地答道，随后手肘撑在椅子的托手上闭上了眼睛。

明智小五郎再次穿过电梯来到蛭峰健作的住宅，

朝那些正在客厅里打扫卫生的女用人问道："哎，我想问一下你，昨天隔壁住宅发生凶杀案的时候，蛭峰健一是在这里看书吗？你看见他了吗？"

"哦，是大少爷吗？他一直在这里看书呢！"

"从什么时候开始看的。"

"吃完晚饭以后一直在这里看书，中间好像去过两次厕所……"

"没有进电梯吗？"

"好像没有进入电梯，不过，我没看见……"

询问这一情况后，明智小五郎又穿过电梯返回蛭峰康造的住宅，一看手表已经是晚上十点十五分了。

这边的女用人正在配菜间等候，明智小五郎向她们询问案发时鸠野桂子的情况。

"少夫人在自己的卧室休息，但我没看见……"

"你们不是听到蛭峰良助的呼叫声而跑步去餐厅的吗？当时没觉得奇怪吗？"

"我们全都惊呆了，哪会去考虑什么呀，也没有时间去想……"

明智小五郎从女用人嘴里没能问出自己希望的答案，沉默片刻后又听到猿田管家在哼歌。

"老管家一直是这么哼歌的吗？"

"嗯，经常是这样的。"

明智小五郎停止了对女用人的询问，来到走廊上。寂静的住宅里响起皮鞋的响声，传来可怕的回声。

猛然间，他停下脚步，好像听到了什么动静？总觉得身边有异样的东西，职业侦探所具有的超常敏感度使他察觉到周围存在不寻常的情况，不由得一只手按在了墙上。

霎时间，传来令人心碎的尖叫声。

明智小五郎立即奔跑起来。

从对面弯曲的走廊那里窜出一个黑影，朝这里飞奔而来。

明智小五郎转过身将黑影一把抱住。

竟是猿田管家！

"怎么了？刚才是你在叫吗？"

猿田管家点点头。

“怎么了？发现什么了？”

“啊，啊，我看见那家伙了！就是那个怪人！头戴礼帽，身披大衣……”

“是那个开枪射击蛭峰康造的家伙吗？”

“是，是，是的。”

猿田管家说完后靠在墙上，眨眼间身体顺着墙滑下去了，蹲在地上，好像休克了。

明智小五郎扔下老管家后就狂奔起来，闯入客厅环视四周后朝玄关跑去，一路上根本就没人。他喊住站在那里把守玄关门的巡逻警察问道：“刚才有人从这里出去吗？”

“没有，没有人从这里出去。这一个小时里，根本就没人出去过。”

明智小五郎还没有听他说完，又急匆匆地返回客厅，再跑到电梯那边。电梯就停在一楼，这里没有凶手的影子。

他跑到地下室打量着通向后院的门，见门闩还在上面，随即又沿地下室的楼梯往上飞跑。从电梯跑到隔壁，发现刚才的那个女用人还在走来走去的。

"有谁从电梯里出来吗？"

女用人十分惊愕，眼睛望着明智小五郎说：
"没人来过。"

明智小五郎这才返回蛭峰康造的住宅，看见森
川律师在昏暗的灯光下呆若木鸡的表情。他那只皮
包掉在了地上，包里的书和文件掉了一地。

"你看见什么了吗？"

"什么，你说什么？"

森川律师打着哈欠问道。

"凶手出现了！瞧你包里的这些东西！"

顺着明智小五郎手指的方向望去，森川律师终
于察觉到自己的包掉在了地上，包里的东西弄得满
地都是。他慢慢地站起来，蹲在地上拾东西。

"我什么也不知道，是谁看见的？"

"是猿田老管家，是他看见的，我迟了一步。
唉！我白跑了一趟，应该待在你身边才是。没受什
么伤吧？我还以为你被害了，暂时让我放心了。"

"不，什么也没有发生，实在太累了，不知不

觉中就睡着了。我听到尖叫声后睁开过眼睛，后来又好像听见有人奔跑的声音。至于皮包里面的东西掉在地上，还是你提醒我才察觉到的。"

"这么说，你没看见罪犯？你睁开眼睛时房间里没人吗？"

森川律师直到这时才终于想起什么似的，赶紧检查包里的东西。他突然变得慌张起来，把包里的所有东西全部抖落在桌子上，分门别类地摆放。

"糟糕，没有了！刚才蛭峰健作盖印的那份协议不见了！肯定是被那个罪犯盗走的！"

森川律师急得像热锅上的蚂蚁，可明智小五郎十分镇定。

"不用说，跟我判断的是一回事。好在你睡着了，否则你与猿田管家一样会遭毒打，也许还会发生更可怕的事情。"

这时，猿田管家像影子般地走了进来。

"老管家，请你把刚才的情况详细说一遍！你到底是在哪里看见的？还有，那家伙究竟朝哪里逃跑的？"

　　面对明智小五郎咄咄逼人的提问，猿田管家步履蹒跚地朝前走了两三步，腿脚无力地瘫坐在旁边的椅子上，铁青着脸望着明智小五郎。

转移视线

　　明智小五郎犀利的目光始终盯着猿田管家，而老管家则说："好，我说，那家伙是背朝着我站在入口那里，模样与上次见到的相同，和上次见到的凶手是同一个人。"

　　相貌丑陋的猿田管家，又模仿起残疾人的样子给明智小五郎看。

　　"那家伙的模样我记得很清楚，只要看一眼，想忘也忘不了。是那个家伙，确实是那个家伙。"

　　"那家伙当时干了些什么？"

　　"不知道。他一直站在那里的，我当时一见到那家伙根本来不及思考，只知道拼命地逃跑。"

走廊上这时传来脚步声，是蛭峰良助、鸠野桂子和鸠野芳夫。

鸠野桂子挽着丈夫鸠野芳夫的手臂，浑身哆嗦着。

"又发生什么了？刚才有奇怪的响声……"

走在前面的蛭峰良助眨着眼睛，皱着眉头，朝明智小五郎走来。

"蛭峰健作盖印的那张协议被盗走了！那个朝你父亲开枪的凶手又出现了！"

明智小五郎简明扼要地介绍了刚才发生的情况。

"哼，又是那个家伙！杀了我们的父亲还不满足，居然践踏蛭峰健作大伯的一片好意，盗走好不容量弄好的法律文书，显然是想把我们置于乞丐的境地。我也好，妹妹桂子也好，应该没有被人那么痛恨的理由啊？我也想不起来究竟在什么地方得罪过那家伙。芳夫，你也没与人结仇吧！"

"嗯，我怎么会与人结仇呢！"

"明智，这到底是怎么回事？你打算让那个不知底细的凶手在我们家横行霸道到什么时候？你身为日本第一大侦探，可你究竟在侦查什么？警察也跟你没什么两样！"

蛭峰良助红着脸粗着嗓门，情绪十分激动地说道。

明智小五郎把他的话全当作耳旁风，脸朝着鸠野芳夫问道："听到猿田管家叫喊的时候，你在什么地方？"

"我刚走到二楼，忽然听到那响声，立刻停住了脚步。这时，蛭峰良助从二楼的房间出来。就在我俩互问这是什么声音时，看见桂子从三楼下来。于是，我们三个人一起下楼来到这里。"

"嗯，看来凶手不是从楼梯逃走的？如果走楼梯上来，应该会遇到你们。"

"是的，我没见到那个可疑的家伙。当时凑巧在二楼，绝对不会有错，那家伙肯定是从玄关逃走的！"

"不会的，玄关有巡逻警察站岗。巡逻警察说了，根本就没人出去过。再说，从地下室到后院的出入口有门闩。我也调查过窗户，没有罪犯逃跑的痕迹。"

"这么说，是穿过玄关朝隔壁住宅逃走的。"

"那里我也调查过了。我从电梯走到隔壁问过那里的女用人，她回答说没看见有人进去，但玄关那里的情况不清楚。从女用人站的位置应该能看见玄关……我再去调查一下隔壁住宅的情况。"

明智小五郎走在前面，穿过电梯后走进隔壁住宅，其他人都跟在他的身后沿楼梯来到了客厅，凑巧看见蛭峰健一下楼。

"喂，这三更半夜的，你们聚集在一起还在调查吗？"

蛭峰健一站在楼梯的中段部位望着大家，脸上笑嘻嘻的。

"不，这一回轮到我倒大霉了！"

森川律师惭愧地说道。

"健一，你父亲盖印的那份协议被盗走了！盗贼就是那个凶手。"

蛭峰健一听森川律师这么一说，脸上的表情立即发生了变化，可转眼间又像往常那样皮笑肉不笑地说："这到底是什么时候发生的事情？是在哪里发生的？"

森川律师说了大致经过后目光紧盯在蛭峰健一的脸上，接二连三地问："我问你，刚才我们到那里去的时候你在哪里？"

"在二楼图书室看书呀！难道我看书和文件被窃事件有关系吗？"

蛭峰健一的脸上不动声色，语气十分平静。

"罪犯好像是从电梯或者玄关逃走的，也有可能上了二楼？你听到过脚步声吗？"

"我没注意那些，只是全神贯注地看书，没察觉到什么。

森川五郎一边询问一边上楼和蛭峰健一肩并肩地站在一起。

"我必须把这一情况告诉你父亲，他睡了吗？"

"当然已经睡了，请明天跟他说吧！你也知道他是个病人，这么晚就不要去惊动他了。"

"可这是重大情况，我只要稍稍说一下就行了，我想去……"

"就一天也不能等吗？请改明天吧！明天……"

就在这个时候，从三楼楼梯传来蛭峰健作的声音。这幢建筑从一楼到三楼，楼梯像螺旋那样向上延伸。楼梯这里的说话声可能传到了老人的耳朵里？再说蛭峰健一和森川律师互不相让，嗓门不知不觉中变得格外响亮。

"怎么了？到底发生什么了？"

虽看不见人影，但蛭峰健作的声音来自他们的头顶上。他还没睡，可能觉得楼下的说话声跟自己有关，于是走出卧室来到走廊上。

蛭峰健一抬起头循声望去，表情霎时慌张起来，但转眼又恢复了原来的模样。

"太好了！父亲好像还没睡，你就上去吧！"

森川律师得到许可后就急匆匆上楼了，蛭峰健一目送他的背影消失后，下楼请大家去客厅。

"你爸爸身体好多了？他刚才还离开卧室来到了走廊上。"

明智小五郎主动问蛭峰健一。

"父亲虽然不太能走动，可非常要强，当决定把财产分一半给隔壁堂弟堂妹的愿望实现时，也许心放宽了，病情也就好多了。"

说到这里，蛭峰健一的脸上又出现了皮笑肉不笑的表情。

"今天下午我们进行了轮椅实验，根据父亲的愿望定做了一辆轮椅。父亲坐在新轮椅上，靠自己转动轮子上了电梯。现在，他可以坐在轮椅上按动'开'和'关'按钮。二楼也好，一楼也好，都可以自己去。"

蛭峰健一和明智小五郎的这番对话，蛭峰良助和鸠野桂子夫妻俩都在认真地听着。协议失窃对于这对兄妹来说，似乎是莫大的打击，脸上布满了不安的表情。

这时穴山弓子进来了，她也察觉到楼下的说话声。她和鸠野桂子夫妇俩聊了一会儿，转向明智小五郎，表情跟面具一样冷漠。

"刚才鸠野芳夫告诉我说，凶手又出现了。明智，这是真的吗？你这不是在把我们当傻瓜吗？请问，你们究竟在调查什么？像那样的妖怪到底是真的还是假的？我已经受不了了。"

穴山弓子说话时似乎没有动嘴巴，毫不留情地责备着明智小五郎。与那张没有表情的脸形成反差的是，她说起话来措辞十分激烈。

"不用说，罪犯是跟我们一样的人。猿田管家遭毒打，蛭峰康造被枪杀，后院里还留下清楚的脚印。"

明智小五郎说道。作为侦探，有时出于战术需要不得不说些假话，以造成让大家相信凶手来自外面的假象。雪上的脚印是假的这一情况，除明智小五郎以外仅中村警长和森川律师清楚。

"不过，我总感到奇怪呀！看见身穿大衣的人怎么老是猿田管家呢！作为著名侦探明智小五郎，难道你就没亲眼见过？再说那家伙只是在猿田管家面前出现……而鸠野芳夫也只看见凶手从门帘的交汇处伸出手枪。就说今天晚上发生的协议失窃事件吧，森川五郎律师并没看见盗贼。看见盗贼的，又是猿田老管家一个人。为什么老是他看见凶手呢？"

这个身材矮小的穴山弓子，似乎比男人们聪明，直捣本质性的问题。

"那情况我心里也清楚，一直是在这一情况的基础上侦查的。但罪犯十分狡猾，作案手法可以说是天衣无缝。跟这样的罪犯打交道，必须斗智斗勇。"

明智小五郎的这番回答，似乎使穴山弓子暂时得到了满足。她点点头走了。

这时，上楼和蛭峰健作说完话的森川律师出现了。

明智小五郎看见他下来，急忙走到他的身边小声问道：

"怎么样？是否决定再制作一份协议？"

"是的，他要我今晚连夜送到他的房间。那份协议副本在事务所里，我必须马上把它取来。"

"声音轻一点……我不想让大家听见。森川，协议上必须盖上老人的印。你去三楼后我考虑过了，最好再等两三天，一定要延长他的盖印时间！

这是有原因的。"

明智小五郎的脸上浮现出少有的紧张神情。

"可老人说今晚无论如何要在协议上盖印，再说我也答应了……"

"那好，我去说服他！必须让他打消这个念头！你跟我一起去……"

"为什么不行？"

"有危险。罪犯是冒生命危险盗走协议的，其目的显然是不愿分割财产。如果这回再盖印，我不知道将会出现什么样的局面。我们如果不让他马上盖印，生命就不会有危险……"

他俩乘上电梯来到三楼。

"如果有危险我也会劝他停止……哎，你大概已经知道那个危险人物是谁了？"

"是的，可目前只停留在推理阶段。由于没有掌握确凿的证据，能否过一段时间再问我？"

"刚才你和穴山弓子说了一些什么？两个人脸上的表情都非常认真。"

"嗯，我是想让客厅里的所有人都深信不疑罪

犯是来自外部。当然，他们半信半疑，似乎都觉得
罪犯来自内部，相互猜疑。但我们至少要让那些人
停止这样的猜测，深信罪犯来自外部，还有必要让
他们觉得警方正在外面全力搜查。我这样做，目的
是让罪犯放心。"

电梯停在三楼，两个人走出电梯后赶紧敲响蛭
峰健作的房门。

面红耳赤

"请进!"

房间里传来蛭峰健作的声音。

"明智小五郎说他有重要情况向您通报……"

森川律师用道歉的语气说道。

"啊,是明智吗?这么晚还劳驾你光临,真辛
苦你了!"

蛭峰健作靠在椅子上,用眼神示意他俩坐下。

"你看上去气色好多了,身体健康比什么都
重要。"

"哈哈……谢谢。如果真像你们说的这样,那

我还能多活一段时间。"

他第一次发出朗朗的笑声。

明智小五郎立刻道明来意。

"我来你这里是想拜托您一件事。虽然我有足够的理由说服你按我说的做，可目前又不能说出理由，真过意不去。但无论如何得请您按我说的做，并且请您别问理由。"

"找我原来是这事，真有趣！到底是怎么回事？"

"我刚才在楼下问森川，他说你让他回事务所取协议副本，并说您决定连夜把章盖上，可我想请您收回这一决定。我刚才说过不能告诉您为什么。但请相信，我的这一要求有着非常重要的原因。"

"嗯，什么重要原因？"

"这不能说，只是请您现在不盖印，但不是永远不盖印，而是延缓两三天后再盖印，就两三天时间。"

"啊，啊，就两三天吗？那我能做到。医生刚刚说了，半个月里我不会有大的危险。可是……"

"请你相信我！这不是坏事……而是好事！"

明智小五郎充满诚意的话，似乎让老人动心了。

"那就信你一回吧！虽不清楚什么理由，但我相信你的，按你说的做不会有错。森川，副本就别去事务所取了，放几天再说吧！"

他俩赶紧向老人行礼而后离开了房间。

"终于放心了！老人如果不同意，我只能喊中村警长来这里一起通宵达旦地保卫了。"

"这老人是一个非常知书达理的人！我那么无理的要求，他却能善解我的好意并同意按我说的做。哎，他有轮椅了吧！坐上轮椅在住宅里转转，心情一定十分舒畅。"

他俩返回一楼的客厅，见蛭峰良助、鸠野桂子夫妇和蛭峰丈二正在等候着。

"今晚就到这里！我们回去了！也请大家休息吧！"

明智小五郎拿起放在那里的风衣和帽子。

"三楼的大伯你们见到了吗？最后究竟做出了什么决定？"

蛭峰良助不客气地追问。

明智小五郎犹豫了片刻，随后像做出什么重大决定似的，说道："实际情况是这样的。老人中止了重新制作协议和盖印的决定，说要考虑一段时间再说。"

明智小五郎这么说完迅速地走出了客厅，片刻后传来玄关门关闭的声音。

蛭峰良助顿时焦急起来，缠着森川律师，也许是担心自己会变成乞丐，私欲膨胀使他的表情瞬间变得穷凶极恶起来。

"是真的。老人说，过一段时间再做出是否重新制作协议的决定。"

"我不信，伯父不可能说那种话，你们肯定是变着戏法骗我们，我要去见伯父核实情况。"

他说完后突然朝门外跑去。

一直在旁边注视着他的蛭峰丈二，这时脸上的表情也猛然变得凶狠起来，一边跑一边大声嚷嚷："喂，良助，你打算威胁患病的伯父吗？别去了！我不同意！我不会同意你欺负我的父亲。"

可当蛭峰丈二赶上去的时候，蛭峰良助已经窜入电梯按上了"关"的按钮。蛭峰丈二只能眼巴巴地看着电梯门自动关上，随着咔嚓一声，电梯朝三楼攀升。

蛭峰丈二赶紧跑到楼梯口，三步并作两步地跑向三楼，嘴里不停叫嚷："良助，站住！你要是靠近我父亲，那我就……"

森川律师见两家人反目为仇，再次感到惊讶。

鸠野芳夫看到这一情景后神色木然，也许觉得不能这样看之任之，悄悄地问森川律师："森川，我们是否一起去劝劝架！也许他俩会做出粗鲁的举动！你我可不能袖手旁观。"

森川律师和鸠野芳夫跑到老人的房间时，抢先赶到的蛭峰健一已经阻止了蛭峰良助。只见他叉开双腿站在蛭峰良助和蛭峰健作之间，瞪大眼睛注视着蛭峰良助，身边还有弟弟蛭峰丈二助威。

"你给我出去！今天晚上不管说什么都不行！听见了吗？快出去！"

蛭峰健一的声音威严得让人直打哆嗦。

"不必出去。"

蛭峰健作郑重其事的声音在房间里回响。

"我暂时不在协议上盖印，想听听良助的意见。"

蛭峰健一听见父亲这么说，只得叹了口气闪开身体。

蛭峰良助瞅准机会赶紧跑到老人身边说："伯父，您真改变决定了吗？我万没想到您会做出这种决定？"

"喂，我父亲是下决心改变决定的。怎么，不可以吗？我父亲就不能做出这个决定吗？"

蛭峰丈二盛气凌人，朝前紧逼。

"良助，不是改变决定，是过一段时间再说，没有其它原因。"

蛭峰健作有气无力的声音里充满了责备的语气。

"你是说暂时不盖印？有那必要吗？为什么要过一段时间再说？"

蛭峰良助一个劲地追问，紧缠着不放，嗓门渐渐大了起来："我迄今为止一直信任着伯父，深信伯父是个公平公正的长辈。在大是大非的问题上，伯父比我父亲有远见，所以尊敬到现在，可是……"

"良助，这里面有着暂时不能盖印的理由，我想选择更公正的做法。"

蛭峰健作没有解释，其实，他本人也不清楚真正的理由是什么，但又不能说出自己是根据明智小五郎的建议做出决定的。

蛭峰良助径直走到老人的跟前说："伯父，你在撒谎！你是舍不得那一半财产？"

"不，你说错了，可不管你说什么，我的决心不会变，我也没说过不分财产给你们，只是过一段时间再说而已，就是这理由。"

"啊，啊，我明白了。这是一篇有计划的表面文章，从一开始就是哄骗。那份协议现在失窃了，伯父一定放心了，尽管说过把财产分一半给我们，可那只是做表面文章而已。我父亲被害，你肯定做过对不起我父亲的事情。为了蒙混过关，为了在自己脸上抹金而说一些冠冕堂皇的话。"

蛭峰健作听了，额头上鼓起了青筋，眼睛里射出愤怒的目光。他被蛭峰良助的话激怒了。

"爸爸，您别把良助的话往心里去，财产的事你想怎么做就怎么做，别理他。"

"在协议上盖印那样的决定，从一开始就弄错了。所有财产都是我父亲的，谁都别争，健一哥哥和我也……"

听到这里，蛭峰健作憋在心里的火终于像火山那样爆发了，打断了蛭峰丈二的说话，声音颤抖，大发雷霆："丈二，照这么说，你们兄弟俩是不希望分给堂弟堂妹一半财产，而是想把财产全部据为己有？"

蛭峰丈二受到父亲的责问，但似乎没有真正理解这其中的内容，脸上还是像刚才那样理所当然的表情："是呀！爷爷的遗嘱上不就是这样写的吗？爸爸也没做过有愧的事情，即便把全部财产据为己有也是对的。"

蛭峰健作已经不想再对次子说什么，转过脸朝着长子蛭峰健一问道："健一，你和丈二是一样的观点吗？"

"嗯，虽说不完全相同，但我觉得这问题重大，希望父亲慎重考虑后再做出决定。为得到别人说你公平、慈悲的评价，就轻易放弃好不容易得来的正当权利，我觉得不是聪明的做法。"

"你的意思，也不赞成分财产？"

"也未必那样，只是……"

"住嘴！我不想再听你说了！你们兄弟俩说得也够多了，哼！居然都是没有仁慈心的家伙！我已经全考虑好了该怎么做！现在，良助骂我做表面文章，贪得无厌。是啊，我的两个儿子因为贪婪的欲望而变得无情无义……你们这些没有仁慈心的家伙，再跟你们说也是浪费口舌……森川！"

见老人极度愤慨，蛭峰健一兄弟俩和蛭峰良助紧闭着嘴，谁也不说话。

"森川，请你代我向明智小五郎道个歉！我已经忍耐不住了，还是按我原来想好的做，现在不管什么人再说都不管用。我这回是吃了秤砣铁了心，就按一开始决定的办。

"明智小五郎好像经过深思熟虑后才让我改变主意的，可我现在不能那样做。立即盖印吧！对不起，请你马上回律师事务所把副本取来……喂，你们刚才说了许多，但都动摇不了我的决心！

"我这样做也不是谁指使的，是我自己想盖印。好了，森川，辛苦你跑一趟，把副本取来！越快越好！"

事情发展到这种局面，不管谁劝已无济于事，就连蛭峰健一和蛭峰丈二也不再吭声。

森川律师见老人态度坚决，只得按他的要求回事务所取副本。他摇摇晃晃地站起来。

电梯惨剧

森川律师事务所坐落在和服大桥那里的东亚大厦的三楼。

森川律师乘出租车一到达大厦的门口便跳下车，按响后门的门铃，叫醒了值夜班的保安人员。

深夜的大厦里静悄悄的，一个人也没有。他用钥匙打开事务所的门，房间最里面的就是黑得发亮的保险箱，协议副本就放在里面。

森川律师没有朝保险箱走去，而是拿起办公桌上的电话欲与明智小五郎取得联系，可一连拨了好几次，电话就是不通。

"难道他睡了？"

这么晚了，电话不可能占线，大概是电话线路发生故障了。森川律师又等了一会儿，结果还是不通，心里不由得焦急起来。

明智小五郎走时再三叮嘱自己，千万不能瞒着他让蛭峰健作在协议上盖印，看来只有抓紧时间坐车去他家里了。

他打算出发前稍稍歇一会儿，便坐到椅子上，从口袋里取出烟盒，把烟夹在嘴里。

莫非连副本也被盗走了？

他的脑瓜子里突然掠过这么一个念头，全身不由得哆嗦了一下，仿佛黑影就隐藏在保险箱那里。

他朝四周张望，那几张桌子和椅子都是冷冰冰的。

他还是放心不下。

房间里其实根本就没人，不仅在房间里，就连整幢大厦也是静悄悄的。

他熄灭烟头，孤注一掷地走到保险箱前，转动密码后插入了钥匙。

沉重的保险箱门开了，里面是一排排整整齐齐的木制抽屉。森川律师拉开其中一个抽屉，那协议副本正躺在那里。

他一看到副本就禁不住笑了，觉得自己神经过敏了。

他翻开副本看了一遍，小心翼翼地放在公文包里，随手关上了保险箱，又返回桌子前打电话，想看看电话线路通了没有。

不料刚拨完号码，电话那头传来清脆的声音：

"顾客好！我这里是明智侦探事务所，请问您的大名？"

"哦，是小林吗？我是森川五郎，有急事！你先生在吗？"

"他在，请稍等片刻。"

助手小林芳雄放下电话听筒后喊明智小五郎去了，片刻后从电话里传出明智小五郎的声音。

"现在怎么了？是不是发生什么事了？"

"怎么，你已经睡了？这么晚喊醒你，实在对不起。你走后他们堂兄弟之间发生了争执，蛭峰老人无论如何要在协议副本上盖印。"

"这么说，他变卦了？到底怎么回事？"

"你走了以后，他们争吵得面红耳赤……"

森川律师简明扼要地讲述了蛭峰老人大动肝火的经过。

"那家伙真伤脑筋。"

说到这里，明智小五郎突然停住没继续往下说，手拿着电话像在考虑什么，片刻后电话里又传来爽快的声音："森川，你别理他们，回家睡觉去！明天敷衍一下就行了。总之，你今晚无论如何不能去！我想请你躲过今天晚上！"

"那怎么行？我是律师，职业道德不允许我这样对待委托人。倘若老人今晚心脏病发作了怎么办？做律师的，首先是讲信誉。

"一旦接受委托，不管遇上什么都必须尽心尽职。万一老人有个三长两短，我岂止违背了老人的意愿，也对不起死者家属。我必须尊重老人的要求。"

"你原来是这么想的，说得也对，这可真是没办法的办法了。那，今晚就别睡了，我现在就去老人那里，路途远，也许需要一些时间，在我没到达前，你千万别让老人盖印，一定别忘了这一点。

"切记！切记！拜托了！不然的话，也许就会……肯定是那样的结果。森川，对不起，赶紧去老人那里，越快越好！我也火速赶到哪里。说不定已经迟了……最好别发生什么，在我到那里前，你周围可能会发生怪事，也许你防不住。"

明智小五郎一字一句地说着，显得非常着急，嗓门也随之高起来。

"你说会发生什么？肯定吗？我不怕！教教我防身的办法。"

"会发生什么？现在我一时还说不上来，所以才为你担心。对手是一个自暴自弃的家伙，也许还会做更过激的行为。

"你千万别大意，一定要十分小心！到了那里，不管遇上什么，即便是一丁点事情也要加倍注意，而且要等我到达那里再说。好吗？记住了吗？"

挂断电话，森川律师不由得扫视了整个房间，眼前不时地浮现出猿田管家模仿的那个凶手。

不曾慌张过的明智小五郎，居然也提心吊胆起来，看来不是小事，危险已经迫在眉睫，而且不是一般的危险。今天从我手里夺走那份协议的，也是那个凶手，好在自己正在打瞌睡，如果当时是醒着的，说不定与猿田管家一样也被击倒在地了。不，可能就像蛭峰康造那样死在那家伙的手里了。

森川律师猛然觉得全身的血液直涌上了脑门，他使劲地让自己镇定下来，准备出门，可大脑仍不停地思索。

那家伙知道我出门去三角馆，可能就埋伏在走廊的暗处。

森川律师此刻连推事务所的门都感到格外恐惧。

可走廊里空荡荡的，当他跨出大门乘上出租车后，才松了一口气，不一会儿车便停在三角馆的门口了，一看手表已经十二点多了。

森川律师走进玄关，右侧门的玻璃上映照着蛭峰健一的影子，好像在等森川律师。

森川五郎一边朝里走一边大声问道："你爸爸的心情怎么样？还坚持盖印吗？"

"是的。"

蛭峰健一还是平时的那副表情，说话语气十分生硬。

"我觉得并非要今天晚上，可你爸爸态度强硬，实在是拗不过他。"

"是的，不管谁都说服不了他！他既然那么说就由他吧！"

蛭峰健一冷冷地说。

这时，客厅门开了，弟弟蛭峰丈二出来了。

"你把协议副本拿来了？又不是没有敷衍的办法！比如说忘记放在哪里了……这么三更半夜的，盖什么印呀，律师你觉得正常吗？"

"我不能撒谎。你父亲是经过深思熟虑才做出决定的。作为律师，我必须按委托人说的办。"

"既然你那么想，那我们也不能阻拦你。"

蛭峰丈二临走时说了这么一句，就不知去哪里了。

蛭峰健一没有介意弟弟说什么，对森川律师说："父亲说一见到你来要我立刻通知他。他疑心别人要阴谋，担心别人和你见面谈点什么。他还故意把电梯固定在三楼，不让电梯下来，说不让隔壁的堂弟堂妹和我们去他那里。

"还说你一到，要我用室内电话告诉他。父亲身边有姨妈陪着，接到电话他会坐轮椅下来见你。"

蛭峰健一一边说一边走进客厅，随手取过电话，森川律师见状立即按住他的手说："请等一下！明智小五郎马上来这里，等他到这里后再通知你父亲。"

他听森川律师这么一说，便把听筒放回电话机上。

就在这时，电话铃声响起来，蛭峰健一伸手取过听筒："是的……已经到了，好，森川，是父亲打来的，让你接电话。"

森川律师接过话筒，传来蛭峰健作的声音。

"是森川吗？"

"是的，我是森川五郎，副本拿来了，可要请你等一会儿，明智小五郎说他马上就到，我想等他到了以后再说！"

"明白了，你让健一通知良助和他妹妹桂子在客厅集合，我也坐电梯下楼和大家一块在客厅里等你们。"

"好，我这就按您的吩咐通知蛭峰健一。"

森川律师挂断电话时有人走进了客厅，是鸠野芳夫。

蛭峰健一脸朝着鸠野芳夫说："啊，是芳夫？我正想去通知你呢！森川已经把协议副本拿来了，父亲让我通知大家在客厅里集合，他也立即下楼来。"

"是吗？太巧了。"

鸠野芳夫走到森川律师的跟前打招呼。

"健一，你父亲说让你通知良助和他妹妹到客厅里集合……"

"健一，我去喊他们来！"

鸠野芳夫听森川律师这么一说，抢在蛭峰健一前面站起来，可蛭峰健一不知何故不让他通知："不，还是我去喊，父亲是吩咐我的，我马上就回来。"

他急匆匆地离开了房间。由于老人的原因，电梯停在三楼下不来，他无法穿过一楼的电梯去隔壁，只得从玄关绕到那里。

客厅里就剩下森川律师和鸠野芳夫，两个人无拘无束地聊天。

玄关的门铃声响起来，森川律师开门一看，是明智小五郎来了。

"我又来了，你们家老人好像不打算让我们睡觉。瞧，过十二点了。"

一进入客厅，明智小五郎笑着朝鸠野芳夫打招呼。

"森川，走，去老人的房间！"

"不行，唉，老人亲自乘坐电梯下楼，还说把隔壁的兄妹俩喊到客厅里，当着众人的面在协议上盖印。刚才，蛭峰健一去喊蛭峰良助和鸠野桂子了！"

"嗯，老人的想法还真有点怪。"

明智小五郎不安起来，紧锁着眉宇。

"老人是什么时候决定的？森川来这里前你们已经知道了吗？"

"嗯，森川取协议离开一会儿，老人就决定了。伯父有了轮椅可以自己来客厅了，要我们在他出现时都聚集在客厅里。"

"森川，这个办法最好取消，应该是我们去蛭峰健作的房间。既然电梯不下来，那我们就走楼梯上去！"

明智小五郎说完就走在前面正要离开客厅，却已经迟了一步，上面传来电梯下降的响声。

他已经感觉到凶多吉少，赶紧跑出房间横穿客厅，朝电梯那里跑去。

电梯运作的响声越来越近，听声音电梯已经过了二楼。蛭峰健作坐在轮椅上，好像是独自一个人下楼，机械声不间断地响着，霎时间便出现在他们眼前，电梯停在一楼。

三个人耐心地等待蛭峰健作在里面开门。

可过了好长时间门也没开，看样子乘坐在电梯里的蛭峰健作似乎在等电梯外面的人开门。

三个人互相对视了一眼。

明智小五郎赶紧把手搭在门上，于是门开了，由于是老式电梯，里面还有一道铁门，透过缝隙朝里看去，顿时傻眼了。

"怎么了？门推不开吗？"

鸠野芳夫问。

明智小五郎的右手握着把手，身体没有动弹。

"怎么回事？我来试试。"

森川律师轻轻地推开明智小五郎，握住把手。

不料，森川律师也傻眼了，电梯里的情况映入了他的眼帘。他同明智小五郎一样站着不动了，两条腿还不停地打哆嗦。

蛭峰健作耷拉着脑袋无精打采地坐在轮椅上，他被杀害了。

内部排查

　　森川律师后来经常回忆那天的情景，可当时谁做了什么以及谁说了什么，一点都想不起来了。

　　蛭峰健作的背部弯曲成九十度直角，脸朝地面。洁白的披肩上渗出了大量鲜血，后颈脖子上插着一把古老的匕首，刀尾裸露在外，不知为什么刀尾上没有手柄，而是光秃秃的铁制刀尾。

　　当时那惨不忍睹的场面，森川律师至今难以忘怀。

　　"啊……完了，脉搏没有了，他已经死了！"

　　明智小五郎大声嚷道。

"这太狠毒了！"

鸠野芳夫也跟着叫嚷。

森川律师只记得当时自己的身体在摇晃，是鸠野芳夫一把拉住他的手臂。

"别倒下！"

随后，明智小五郎和鸠野芳夫在一起不知说了些什么。

忽然，电梯里的另一侧门开了，是蛭峰良助。他一看见老人的尸体像疯了似的，张着嘴，瞪着眼睛，浑身直打哆嗦。

"喂，别从那里进电梯！从玄关绕过来！"

明智小五郎大声地吼道。

电梯铃不停地响了起来，有人在楼上按铃。

"你们站在这里别移动轮椅，也别让任何人进电梯！"

明智小五郎厉声说道，赶紧朝楼梯跑去。

明智小五郎前脚刚走，蛭峰健一带着鸠野桂子后脚就来到这里。鸠野桂子一看见这个情景，嘴里不知说了些什么，接着大哭起来。

蛭峰健一只是眉头晃动了一下，并没吃惊，还是平时那副冷冰冰的表情，两眼紧盯着电梯里的情景。

鸠野芳夫跑到妻子身边，轻拍她的肩膀，说着什么。

这时，明智小五郎带着蛭峰丈二和穴山弓子赶来了。

"诸位，我刚才已经给警察厅打了电话，中村警长马上会赶到这里。在他们没来之前，任何人不准用手触摸老人的尸体。森川，挺住了！请你站在这里保护尸体！"

明智小五郎只让森川律师留在尸体旁边，把其他人领到了客厅。

客厅里只有一盏台灯，光线不强，照得房间蒙蒙亮。

他们各自找椅子坐下，全失去了往日的镇定。

有瞪着眼发呆的，有相互间交头接耳的。

明智小五郎抓住时机瞬间打开开关。

房间里顿时亮如白昼，男人们脸色惨白，女人们哭丧着脸。

"穴山弓子！"

明智小五郎突然朝穴山弓子发问："电梯一直停在三楼吗？蛭峰健作与健一和森川通完电话后，是你把老人扶到轮椅上并推到电梯里的吗？请你把当时的情况按顺序尽可能详细地说一遍！"

穴山弓子尽管在抽泣，可脸上依然毫无表情。

"健作接电话时的说话声，我听得很清楚，我去他的房间扶他坐到了轮椅上。他不知为什么显得非常着急，一再催促我快些快些。于是，我赶紧推着他离开房间并送他到电梯里。"

"当时，走廊上有什么人吗？"

"一个人也没有，就我俩。"

"你把轮椅推入电梯后，有没有听见奇怪的响声？我指的是从电梯里传出的声音。"

"没有，除电梯的机械声外没听见奇怪的响声。"

明智小五郎转向蛭峰丈二问道："丈二，我去二楼图书室喊你时，你在图书室吗？你说你在图书室里的时间是十五分钟左右，那段时间你是否察觉到什么？有没有听见走廊里的脚步声？"

不料脸色苍白的蛭峰丈二，情绪非常激动，语气极不耐烦地说："没有，没有察觉到什么。"

"那么，听到电梯运作的响声了吗？"

"嗯，听见了？但我被书的内容吸引住了……"

"健一，你有没有察觉到什么？电梯下来的时候你在哪里？"

蛭峰健一仍旧是冷若冰霜的表情，歪着嘴回答："我也不清楚当时自己到底在哪里！接到父亲打来的电话后，我就从玄关绕过去喊隔壁住宅的良助和桂子，在上二楼的楼梯那里遇见了猿田管家。我问他良助在房间里吗？猿田管家说不在。"

一听这话，蛭峰良助急忙说："我就在我们家楼下的客厅里等他们来喊我，我还看见你穿过客厅上二楼的，当时你如果稍稍留意一下客厅就能看见我！"

"你要是在你家客厅里，你喊我不就行了吗？我又不知道你在客厅里，所以去你的房间找你，可你不在，我只好上三楼去你妹妹桂子的房间，我是跟她一起到这里的！"

明智小五郎将视线移向鸠野桂子。

"桂子小姐，你大概知道有人会通知你来这里的吧。"

鸠野桂子移开捂在眼睛上的手帕，漂亮的脸蛋突然间憔悴许多。也许是为父亲和伯父的死而难过，但又不像是为两位长辈的死而悲痛。

如果她是为明天即将成为身无分文的穷人而痛苦，那就奇怪了！因为他的丈夫鸠野芳夫经营着一家生意十分火爆的证券公司，根本不必犯愁。那么，她到底为什么如此伤感呢？

这时，警察厅的中村警长带着部下赶来了。有警察把守电梯，森川律师这才得以脱身并来到了客厅，凑巧遇上明智小五郎询问鸠野桂子，于是他坐到椅子上，紧盯着她的侧面。

森川律师从最初拜访这幢三角馆以来，已经多次听到鸠野桂子与蛭峰丈二之间的对话，从她憔悴的面容来看，可能与蛭峰丈二之间发生了不和。

森川律师根据自己耳闻目睹的情况分析，蛭峰丈二和鸠野桂子经常争执，随后和好。不知道他俩之间这回又发生了什么？看来他俩交往的背后隐藏着秘密。

无柄匕首

明智小五郎又问蛭峰健一："你是什么时候听到电梯降落的声音的？是在走进桂子的卧室前还是以后？"

"是在走进桂子的卧室前。是的，确实是走进她的卧室之前，也就是我从二楼上到三楼的时候。我带着桂子走出房间后按响电梯铃的时候，以为电梯里已经没人了。"

"可你见电梯一直不来便走楼梯下来了，是那样吧，当时你见到谁了？"

"没见到谁。"

"桂子小姐，刚才健一说的话里有漏掉和弄错的地方吗？"

"没，没有……"

明智小五郎再次朝着穴山弓子问道，问题越来越接近关键的地方了。

"穴山弓子，我想详细问你轮椅和电梯的情况。听说电梯是按照老人的吩咐固定在三楼的，其它楼层等候的人再怎么按铃也不起作用。电梯上应该有特别的装置吧？"

"没有，只是把电梯打开不让它自动关上就行了。只要电梯门关不上，电梯就不会自动升降。"

"啊，原来是这么回事？也就是说，朝着蛭峰健作的住宅的电梯门是一直敞开的，而朝着隔壁鸠野夫妇俩的房间的电梯门是关闭的，是这样吗？"

"是的。"

"没弄错吗？"

"嗯，确实是那样的。"

"于是……你扶蛭峰健作坐上轮椅，推他到电梯里的。你是怎样把轮椅推入电梯的？是不是你先进去把轮椅拉入电梯？还是直接把轮椅推入电梯？"

"我不需要先进到电梯里，因为白天试过好几回了，只要朝里推就行。为使轮椅进入电梯后不晃动，在轮椅上安装了刹车固定夹。我把轮椅推入电梯，只要他握紧刹车固定夹就可以了。"

"蛭峰健作的脸是朝着小门的，也就是说轮椅是倒着进入电梯里的。那么，你是让老人背朝电梯进入电梯房的吗？"

"是的。是让轮椅倒着推进去的。"

"呵，照这么说，你没走进电梯？"

明智小五郎紧盯着穴山弓子的脸问道。

"是的。"

穴山弓子回答时面不改色。

"在推轮椅进电梯前，你仔细打量过电梯吗？"

"打量过。"

"发现了什么不同寻常的情况吗？有没有人藏在电梯的角落里……"

"如果有人肯定能看见，因为电梯里有灯。再说轮椅一进入电梯，里面几乎就没空间了。总之，是藏不住人的。"

"对面住宅的出入口不光有铁门，外面还有玻璃门，是不是都关上了？"

"是的，都关上了。"

"电梯运作时发出很响的声音，它开始启动和停止时会发出'叮'的声音，电梯下降的过程中会传出响声。刚才电梯运转时没间断过这种声音，我和森川还有芳夫都听见了。这说明电梯从三楼下降到一楼的过程中没停过。"

"是的，确实是没停过。"

站在鸠野桂子旁边的鸠野芳夫为明智小五郎证明。

案情越来越复杂了。电梯离开三楼时蛭峰老人一切正常，再说电梯里也没有人，何况途中也没停过，是直接到达一楼的。就在这短短几秒钟的时间里，匕首却插入了老人的脖子里。根本不可能的事情就这样发生了。

这时，调查电梯的中村警长进来了。

"哦，辛苦了！中村警长，死因还是那把匕首吧！"

明智小五郎第一个发现他进来了，赶紧问道。

"是的，极其简单！杀人凶器是匕首，在这里。"

中村警长用手指着自己脖子的左下侧。

"主动脉被割断后造成了大出血，仅几秒钟的时间就气绝身亡了。蛭峰健作患有心绞痛，即便不是这样的重伤，精神上一旦受打击也会送命的。主动脉的伤是致命伤，可分析伤口显示，不像是费很大劲将匕首刺入死者的脖子的。但刀刃锋利，可能不需要过分用劲。"

"你手上拿着的就是那把匕首？"

"是的。"

中村警长递上这把匕首。

明智小五郎接过匕首后放在桌子上小心翼翼地打开。

大家围着明智小五郎和中村警长，全神贯注地听他俩说话。

明智小五郎取出那把匕首并饶有兴趣地观察

着，出现在黑布里面的是一把古老的西洋匕首，左右两侧都有刀刃，刀刃长度有三十厘米左右，比一般匕首要重许多，朝左右两侧突出的刀锷有七八厘米，与锋利的刀身形成了十字架形状。这把匕首的把手原来有木柄，好像是被故意取下的。

"指纹情况怎么样？"

"我让技术警察调查过了，没发现。"

明智小五郎用黑布握住刀把，用手指触摸了一下刀尖。

"呵，还真看不出，非常锋利，犹如刮胡刀那样锋利，看来不需用多大力气就能将它插入老人的脖子。"

"为什么没有木制手柄呢？手抓不住，怎么使用这把匕首呢？奇怪！"

"嗯，确实奇怪。为什么要卸下手柄？这原因还真难琢磨。要是廉价的匕首，手柄可轻易取下。但像这样的匕首，不花点力气是很难取下手柄的。"

明智小五郎边说边让大家看这把沾有血迹的

148

匕首。

森川律师觉得明智小五郎不停地晃动凶器很危险，为他捏了一把汗。

他偷偷地看了穴山弓子和鸠野桂子这两个女人一眼，只见她俩没害怕的表情。

鸠野桂子眨巴着泪汪汪的大眼睛，始终盯着那把匕首。穴山弓子仍像往常那样毫无表情，连眉头也不皱一下，只是望着那把匕首茫然地站着。

明智小五郎终于不再晃动匕首，朝大家环视了一眼说："谁见过这把匕首？"

穴山弓子爽快地答道："这把匕首应该是放在蛭峰康造的客厅里的玻璃橱窗里的。据说是蛭峰健一的爷爷从欧洲人的手上买来的，可这把匕首如此锋利还是刚知道。"

"这刀口是最近磨过的，磨的痕迹非常清楚。记得放在玻璃橱窗里的时候，刀把上是装着手柄的。"

"是的，木制手柄上刻有银色的图案。"

"嗯，手柄果然是被故意取下的！良助，请你去一下你家客厅，核实那把匕首是否还在。"

蛭峰良助立刻出去了，不一会儿气喘吁吁地回来了。

"没有了！匕首不见了！"

"匕首上的木柄呢？"

"没有。放匕首的地方空荡荡的。"

"嗯，也是就说，有人从蛭峰康造家的客厅盗出这把匕首，用它杀了蛭峰健作。凶手是在电梯从三楼下降到一楼的过程中作案的，凶手知道电梯到达一楼后不可能有逃走的机会，因为门口有我们三个人……这起案件看来还真难侦破！中村警长，现在是凌晨两点了，搜索就到这里结束吧！你看如何？"

"行，我们现场搜索也大致结束了，明天白天再搜索一遍！好，各位辛苦了，请回房间休息吧！"

中村警长向大家说。

电梯调查

第二天上午，森川律师和明智小五郎来到三角馆后不与两家人见面，径直来到蛭峰健作住过的房间里。

这里是蛭峰健作生前的办公室兼卧室。打开里面的门可径直通向图书室，前门朝着三楼的走道。该房间所处的位置非常好，面积约十六平方米，有办公桌和几把椅子，墙上嵌有保险箱。

明智小五郎在这面积不大的房间里转来转去，手指间夹着最喜欢抽的烟，鼻子里不断冒出烟雾，极有耐心地重复着相同的动作。

森川律师坐在椅子上，神色茫然地望着明智小五郎。

明智小五郎一直站着，没有想坐下的迹象。森川见状着急起来，忍不住问道："明智，杀害蛭峰康造和杀害蛭峰健作的人是同一个凶手吗？"

"嗯，应该是同一个凶手，可现在只是推理而已，还不能完全断言。为此我想设计一个圈套，这个房间就是用来设圈套的，可还需要时间掌握一些证据。昨晚太遗憾了！老人要是再忍耐一下就不至于丧命。唉，可他偏偏……"

"是的，我也努力了。两个老人被害，让你感到这案子棘手了吗？"

"嗯，不用说，事实证实了我的推断！凶手杀害蛭峰健作与杀害蛭峰康造的动机是一致的，因此凶手很快就会浮出水面。但摆在我们面前的问题是，如何解开电梯之谜，为此我伤透了脑筋，至今还没找到正确的答案……"

"是啊，解开电梯之谜不容易啊！电梯停靠时，电梯房便成了两家之见的通道，一楼二楼三楼都有出入口。现在倒好，电梯竟成了凶手秘密杀人的现场，真是麻烦！

"假如弄清楚罪犯行凶时两家人各自所在的位置，就可以找到他们与电梯六个出入口的关系，谜不就解开了吗？"

"你也不必想得那么复杂！只要绘制一张草图就行，我现在就画！"

明智小五郎说完后就坐在办公桌前，把当时两家人各自所在的位置绘制成一张图纸，解释道："细长的通道是电梯井，右侧是蛭峰健作的住宅，左侧是蛭峰康造的住宅。电梯从三楼启动后到达一楼的过程中，两家人各自所在的位置就是这样的。"

明智小五郎边说边填上每个人的姓名。

位置不确切的，是蛭峰健一和猿田管家。管家是遇上蛭峰健一时才朝相反的方向走的，多半是在这个房间里。好，谜可以解开了，只要根据这张图思考，谜就迎刃而解了。"

"原来如此。你这样一画，他们所在的位置就清楚了。"

"要说最清楚的，是电梯从三楼到一楼的过程中没停过，这绝对不会错。至于你说的六个出入口，只要电梯没停，门就不会开。为慎重起见，我拜托中村警长详细检查了电梯门的控制装置，没有发现异常。若在电梯运行的过程中开门，那是绝对不可能的。"

"根据当时电梯运行的情况，六个出入口的门只有两次开启机会。一次是三楼，即轮椅被推入电梯的时候。另一次是一楼，即电梯到达一楼后我们开的门。"

"是的。穴山弓子说电梯停在三楼时里面没人，而电梯到达一楼时我们三个人都在。除亲眼看到蛭峰老人被害的尸体外，没见着其他人。"

"等一下！电梯停在一楼时不能说没见着任何人！我们开这电梯门时，对面的门也开了，蛭峰良助不就站在对面的门口吗？"

"是的！凶手没有从对面的门逃走。如果有人从那边的门逃走，应该会撞上蛭峰良助。"

"不，不是那回事。蛭峰良助先打开门逃离电梯，等到我们开这边门的时候他故意再开门。我想也许是这样的。"

"你那么分析，他的动作有那么神速吗？不可能！何况还有两道门！如果那门一开一关，我们应该能听到响声。"

森川律师好不容易想出的谜底，被明智小五郎三两句话就给否定了。不一会儿，他眼睛一亮，张大嘴巴，似乎又有了新的办法。

"喂，明智，我们漏了一个不该疏忽的情况！那电梯里有暗孔！"

"什么？有暗孔？"

"是的，在天花板上！类似这样的小型电梯房，通常房顶上留有检修孔。那部电梯里应该有那样的检修孔。"

森川律师说到这里，变得越来越自信起来。

"一定是这样的。凶手藏在电梯的顶上，当电梯停在三楼时，凶手可从屋顶的夹层朝下爬到电梯的顶上，一旦电梯启动，凶手便从检修孔跳到电梯里，达到目的后又通过检修孔钻到电梯房的外侧，通过吊缆返回屋顶的夹层。

"怎么样？我这个想法。"

"嗯，太有趣了。如果有检修孔，那应该行吧！走！看一下再说。"

他俩立刻离开房间，快速地来到一楼的电梯。

他俩拿来一把椅子放在电梯里的地面上，站在椅子上检查电梯的顶部。

"有，跟你说的相同，有孔，有盖。你瞧！"

明智小五郎用手朝上一推，顶上出现了一个洞孔。孔盖是边长六十厘米的正方形铁板，靠铰链连接在电梯的外侧。边长十厘米的通气方孔中间是两根呈十字交叉的铁杆，将通气孔隔成四个边长五厘米的田字格。

明智小五郎打着打火机，伸到孔盖的外面，再探出脑袋朝四处打量。

"喂，森川，不是你说的那回事！来，你自己瞧！"

森川律师探出脑袋打量电梯顶的外侧，那里沾满了灰尘，根本就没脚印。

无疑，凶手没在电梯的顶上。

两个人回到那间办公室。明智小五郎坐在椅子上，神情木然地用打火机点燃了香烟。森川律师默不作声地坐在一旁似乎在想什么，片刻后明智小五郎自言自语起来："电梯到达一楼时没人从电梯里出来，电梯在启动过程中门没开启，凶手也不可能从电梯里出来。可作案现场又没见着凶手影子，奇怪！凶手究竟从哪里逃走的？"

"哎……我明白了！明智，我有办法了！"

森川五郎突然大声嚷道。

高等数学

"我俩不能光考虑电梯启动后的情况，还必须考虑电梯启动前后三楼那里的情况。"

森川律师精神抖擞地说。

"据穴山弓子说，她把轮椅推入电梯时没看到电梯里有人，可她并没进去。凶手也许趁穴山弓子不注意时悄悄地埋伏在电梯的角落里，等穴山弓子关上这门时便立即对老人下毒手，随后逃离，接着站在电梯外侧关门。罪犯可以使用这样的办法轻松逃走。"

"那来不及！客观上也不可能！"

"那怎么办？还有别的方法吗？"

森川律师不顾明智小五郎对自己的否定，继续说道："我刚才说的是，如果凶手事先没埋伏在电梯里，那情况又会怎样呢？穴山弓子把轮椅推入电梯，电梯房里没别人，可她自己在呀！"

"那，你是说穴山弓子如果是凶手……嗯，不用说，她有作案动机，可以怀疑。假如她为了蛭峰健一和蛭峰丈二，即便牺牲蛭峰健作也不会有丝毫犹豫。

"因为，她希望把老人的财产全部留给受自己宠爱的两个外甥。她不能说没有这种心情和想法，可她敢在这种场合行凶吗？我看她不敢。"

明智小五郎终于笑了。

"我觉得穴山弓子先杀老人再关上电梯门。她是护理老人的，没必要逃走，完成任务后下楼就可以了。"

"你说的那种情况不可能，绝对不可能。"

"为什么？明智，你就只会说不可能不可能，你说说看怎么回事？"

"凶手事先埋伏在电梯里刺死老人后逃走，和穴山弓子推轮椅进入电梯后刺死老人再关上电梯门的这两种说法，都是不可能的。试想如果都是事先行凶，电梯又怎么启动？不是没人按启动键了吗？"

"什么，你说什么？"

森川律师听他这么一说，不停地眨着眼睛，一脸尴尬的表情，不再开口。

"我要说的方法也许是最合适的，案犯在一楼，凶手在三楼。凶手刺杀老人后关上电梯门，同案犯听到关门声便在一楼按键钮让电梯下来。

"自动电梯不管停在哪层楼，一旦门完全关上，其它楼层上的人只要按上或下的键钮，电梯便自动运行。即便老人死了，只要电梯外侧那道门关上了，再加上同案犯在一楼按了电梯键钮，电梯就会自行下到一楼。

"但凶手要那样做，需要同案犯配合。如果有同案犯在一楼配合按键钮，就像我绘制的图那样，只有蛭峰良助和假设的凶手穴山弓子，可他们是处在敌对状态的两个人。如果把他们视作一伙，显然不合逻辑。

"再者，即便凶手不是穴山弓子或是其他人，蛭峰良助也不可能是帮凶。因为老人的死，损失最大的人是他，可见他不可能是同案犯。现在说有同案犯，看来还为时过早。"

他俩又沉默了片刻，明智小五郎又用打火机点燃了烟。

"本案很难侦破，简直迷雾重重。可不管怎样，一定要将凶手绳之以法。我们还得花费一些时间再动动脑子，现在要解决的不是寻找凶手，而是弄清楚凶手使用什么方法。可是，这太难了！我觉得很难马上解开……"

森川律师瞪大眼睛一直在思考着什么，片刻后猛然抬起头说道：

"哎，我这办法怎么样？电梯顶上的那个田字形通气孔不是有四个方格孔吗？我猜想凶手事先埋伏在紧贴着屋顶夹层的电梯顶上，将匕首从方格孔投向老人的后颈脖子上。像这样的假设合乎逻辑吗？"

"采用那样的方法，即便飞刀名人恐怕也难做到。因为五厘米边长的方格孔太小，将匕首穿过那么小的孔飞向目标，人很难做到。"

明智小五郎立即否定。

"是呵，只能说我又在空想！如果匕首的刀尾和护手的形状不是十字架，可以那么想象。但问题是护手宽度有十多厘米，根本无法穿过边长五厘米的方格孔。我的想法真是太幼稚了，不切实际，现在连自己也觉得怪怪的。"

森川律师说完不好意思地笑了。

但明智小五郎没有笑，他的表情霎时间变得严肃起来，额头变得越发像洁白的玉石，眼睛里的目光变得更加犀利。

"你把自己贬低得太严重了。应该说，一些值得注意的地方已经被你注意到了。虽说五厘米边长的方格孔无法穿过，但匕首并非不可能啊。

"这是非常有趣的高等数学题。你知道不剥橘子皮也可吃到橘子肉的原理吗？庙会的舞台上，那些魔术大师常把大于瓶颈好几倍的球塞入瓶子里。我想你看过这种表演，不知你是否听说过那种魔术？"

明智小五郎的额头沁着汗珠，嘴里嘟嘟哝哝地望着森川，他说完想说的话后就不再吭声了，双手握紧拳头，眼睛望着天花板。

他从桌子的抽屉里取出纸，像画着玩似的在纸上绘画。一会儿画的是三角形，一会儿画的是正方形，一会儿画的是竖线，一会儿画的是斜线……不停地画。画满图案的纸被他卷成一团并扔在了地上，然后接着再画。没多长时间，地上到处是纸团。

森川律师忍不住看了一下，见明智小五郎正在专心致志地绘制 A 图，大正方形里画有小正方形，小正方形里画一个"田"字。

明智小五郎用铅笔尖不停地敲打"田"字，最后把它涂成黑色。森川律师目瞪口呆地望着，半晌没有开口说话。终于，他明白明智小五郎画的是电梯顶的平面图。

大正方形表示电梯顶的整体，中间的"田"字方格孔是通气孔。

明智小五郎为使那把护手宽十厘米的匕首从"田"字格孔穿过，正聚精会神地思考着。他把笔尖比作匕首，在"田"字范围里穿来穿去。

大约冥思苦想了半个小时后，明智小五郎抬起头来，眼睛里闪烁着兴奋的目光，直起腰站起身来：

"森川，答案找到了！找到了！走，跟我一起去一下！"

层层剖析

　　明智小五郎走下楼梯后再次走进了一楼的电梯里，那张椅子还在。他迅速地站到椅子上并打开了打火机，把火光凑到电梯内侧顶部的"田"字格通气孔前，脸几乎贴在了电梯的顶上。

　　"是的！肯定是那么回事！森川，凶手的秘密终于被我找到了。瞧，简直是哄骗小孩的把戏，充其量是庙会舞台上的那种小魔术！不过，凶手采用这种手法作案多半是出于无奈。凶手当时的目的很清楚，不管采取什么手段也必须除掉蛭峰健作。"

　　明智小五郎说完后离开电梯又返回了刚才的办

公室，森川律师则一声不吭地跟在他的身后，一回到房间便开口问："你说了那么一大堆，我根本就没弄明白那魔法到底是怎么回事？"

"可以这么说，蛭峰健作是用自己的手缩短了自己的寿命！"

"什么？照你这么说，那不是自杀吗？"

"不，不是自杀，因为没有自杀动机！解开这一谜团的启示，是你给我的。匕首的护手太宽无法穿过格子，完全是你的功劳！谢谢！"

森川律师眨巴着眼睛满脸困惑，越发糊涂起来。

"你不是说，再怎么考虑也不可能吗？"

"是的，确实不可能。就是因为不可能，成了我思考的出发点。如果想当然，那是解不开的，必须换逆向思维的方法思考，从其背后迂回考虑，从妨碍穿过洞孔的护手上开动脑筋便可找到答案。

"既然护手宽度不能改变，罪犯势必从主观上采取了其它办法。匕首刀尾上为什么缺少了木制手柄？无疑是罪犯无法改变这一客观存在，而不得不将其拔下。

"通常，没有木制手柄的匕首是无法用手操作的。可像这种"田"字方格通气孔，木制手柄恰恰是累赘。为什么？把这两种情况综合起来加以考虑，就可轻松找到答案。"

　　说到这里，明智小五郎又在纸上画了一张图。

　　"瞧，就成了这样的形状，护手两侧被铁杆挂住不能穿过通气孔。这困难便是解谜的钥匙！

　　"由此可见，我们得从头考虑。昨天白天商家将轮椅送来后，老人便坐在轮椅上在电梯里进行练习。当时在电梯地面安装了固定件，其目的是不让轮椅晃动。两家的家人都在一旁观看，都知道轮椅进入电梯后不会晃动。这是罪犯作案最有利的条件。"

　　"蛭峰健作让电梯停在三楼，一个小时里不让任何人使用。这对于罪犯来说，是天赐良机。

　　"三楼上面是屋顶夹层，当电梯停在三楼时，电梯顶和屋顶夹层几乎贴在一起。从屋顶夹层看向电梯井，可以看到电梯的通气孔。由于两者距离很近，手能触及到电梯的顶。

"这三项客观条件构成了凶手巧妙作案的秘密。

　　"罪犯根据这三项绝好的客观条件制定了天衣无缝的杀人计划，从偷出那把匕首，把两侧的刀刃磨快，再准备长度大约三米左右的绳索或铁丝。说到这里，你应该明白我接下来要说的是什么了吗？"

　　明智小五郎停顿片刻，观察森川律师的脸。

　　"不，我还是不明白，请继续说！"

　　"那好，我继续说！就从匕首刀尾上如何拔掉木制手柄说起。凶手准备了结实的绳索或铁丝后就爬上了屋顶夹层，来到电梯的外侧，把绳索或铁丝一端牢牢地系在电梯井的一侧，再把绳索或铁丝的另一端穿过电梯房顶的通气孔垂在"田"字形方格孔里。电梯在三楼停一个小时左右的时间里，做这些准备工作绰绰有余。

　　"再接着，罪犯下到三楼后悄悄地进入电梯，把那根垂在"田"字形方格孔里的绳索或铁丝，系在匕首刀尾的木制手柄上。此前，凶手已经事先松动了匕首上的木制手柄，只要有一定力度，木制手柄就会自动脱落。也就是说，罪犯事先已经实验过这种可能性。

"系上匕首后，凶手再次爬上屋顶夹层，从上面拽紧绳子或铁丝，将匕首的木制手柄部位升至"田"字格方孔的上端，而匕首两侧的护手被紧紧卡在其中一个边长五厘米的方格孔的下端，接着重新在电梯井一侧系紧绳索或铁丝的一端。

"这时的绳索或者铁丝已经绷得很紧。杀人前的准备工作就这样全部完成，万事俱备就欠东风了。只要再用力拽已经绷紧的绳索或者铁丝，木制手柄就会自动离开匕首的刀尾，于是锋利无比的匕首朝下迅速坠落……像这种场合，凶手不需要亲自动手。"

"不需要的理由呢？"

"蛭峰健作本人按了到一楼的键钮后，电梯便自动启动朝一楼下降。由于电梯启动时产生震动，而震动使绷紧的绳索或铁丝突然发力向上拽木制手柄，于是被夹在小方格下端的匕首与木制手柄分离，然后朝下坠落，直刺正下方老人的后颈脖子，割断了颈部动脉造成失血过多而当场死亡。

"老人生前一直患有心绞痛，即便被刺成轻伤也经不起这样的精神打击，同样会殃及生命。老人就是不死亡，延长协议盖印时间是肯定的。对于这一点，凶手也有过周密的思考。"

"噢，原来如此，我只考虑十厘米宽的护手被卡在小方格的上端，误以为匕首无法穿过方格孔。可像你那样换另一种思维方式，推断凶手把护手卡在小方格的下端，谜也就解开了。

"采用这种杀人方法，凶手可以成功地伪造自己不在案发现场的证据。是，一旦弄清其手法奥秘，方知凶手是在玩哄骗小孩的愚蠢把戏。但凶手的杀人手段令人震惊，可谓丧心病狂。其真正用意究竟是什么？"

男女对话

不一会儿，他俩爬上屋顶的夹层调查电梯井，证实凶手的作案方法果然在明智小五郎的推理之中，那里留有系铁丝的痕迹。

明智小五郎对此并没有兴奋，而是找来一根铁丝系在那里，再用铁丝的另一端系在新木制手柄上，将匕首尾部插入后便进行了实验。

明智小五郎启动电梯，啪！匕首果真离开木制手柄，径直朝下坠落，插入铺设在电梯地面上的木板。

"好极了！"

森川律师惊喜地嚷道。

他俩做完实验回到办公室，进一步探讨。片刻后传来敲门声，门开了，走进一个刑侦警察，怀抱着一只手提保险箱。

"怎么了？"

明智小五郎问道。

刑侦警察把手提保险箱放在桌子上说："我是负责监视隔壁住宅二楼的，在走廊上巡逻时发现蛭峰康造的房间里有轻微响声，觉得奇怪便走入房间搜查。种种迹象表明，有人来过房间，保险箱被放到了桌子上。虽说我没见过这个保险箱，但可以想象有人已经翻动过它，为慎重起见，我把它拿来了，请你检查一下。"

明智小五郎用手帕小心翼翼地打开保险箱的门，以防止弄掉上面的指纹。

"森川，你记得这里面有多少钱和多少张纸币吗？"

"记得。昨天和你一起调查时，这里面有二十九张一千日元的纸币和二十三张一百日元的纸币。"

明智小五郎一边听森川律师说，一边从保险箱里取出纸币数了一下。

"一千日元纸币是二十八张，一百日元纸币只有二十张，少了一千三百日元！"

"还是原来的那个家贼！蛭峰康造健在时，这个家贼就已经连续盗窃！如果是干盗贼买卖的，肯定会全部盗走的。"

"是啊！"

"你知道这家贼是谁吗？"

"嗯，我好像已经想到这家伙是谁了。"

明智小五郎嘴里说着话，眼睛紧盯着手上的一张纸币，目不转睛地看着纸币的角落。

"哎，你在看什么呀？"

明智小五郎没有回答，脸转向警察说："你辛苦了，回岗位继续监视吧！顺便捎口信给鸠野芳夫，让他来我这里。"

警察走后，他马上对森川律师说："瞧，就是这！这上面写有很小的记号。我从上次调查纸币的时候就已经注意到了，现在想来，这里有疑点。你瞧！这叠纸币上都标有记号，右下角是用原珠笔写的，好像是一个很小的'K'字？"

"是的，我一点也没察觉到，原来上面写有半粒米大小的'K'字，照这么说，蛭峰康造是根据鸠野芳夫的建议写这些记号的。"

"嗯，问题就出在这里。蛭峰康造被害前，对鸠野芳夫说保险箱里的钱在莫名其妙地减少，强调有家贼。鸠野芳夫告诉他说，如果在所有纸币上都作小记号，就能轻松地抓住窃贼。老人采纳了他的建议后还未来得及实施就中弹身亡了。按理说，老人根本没时间在纸币上写任何记号，而这上面却出现了记号，太有趣了，太令人振奋了。"

森川律师似乎听出明智小五郎这番话的弦外之音。就在这时，传来敲门声，鸠野芳夫来了。

"听说你喊我有事……"

"是的，我确实有事向你打听，主要想详细询问一下你家人的情况。"

"是吗？你想问谁？"

"我想问猿田管家的情况。"

"哦，他的经历我不清楚，因此你想详细了解的话……"

"不，就说你知道的吧！他是什么时候来你们家的？"

"听说他小时候就上我们家来了，据说是爷爷生前的管家的儿子，脾气有点古怪，未曾娶过妻子，单身。"

"他好像脑袋不正常。"

"嗯，有不正常的时候，也有聪明过人的时候，总之他的心思很难琢磨。我太太桂子小时候也都是他照顾的，可她也说不知道他的真实情况。"

这时有人走进了隔壁的图书室，故意弄出了响声，还时而吹口哨时而哼歌。

明智小五郎听到声音立即站起来，走过去关上了房门，可刚返回座位门又自动开了，形成约十厘米的间隙。明智小五郎似乎没注意到那里，接连不断地问："猿田管家迄今没干过什么坏事吧！"

"应该没有，可这一年里多少有点稀里糊涂，行为怪得让人难以接受。"

这时，隔壁房间里哼歌的声音消失了，传来清晰而又清脆的高跟鞋声。

"丈二。"

是女人的声音。明智小五郎立刻明白女人是鸠野桂子。

鸠野芳夫一听到女人的声音，脸色骤变。

蛭峰丈二与鸠野桂子之间的关系，无论谁见了都会连连摇头。鸠山桂子有丈夫，却把家扔在一边，缠着蛭峰丈二带她出去游玩，而蛭峰丈二为赢得鸠野桂子的欢心经常带她外出玩耍，所需费用当然都由鸠野桂子支付。

无疑，就蛭峰健作生前的性格来说，给儿子们零花钱时不会吝啬，只是蛭峰丈二花钱如流水，不管多少总是嫌不够，于是讨好鸠野桂子，从她那里得到钱，以满足自己挥金如土的坏习惯。

不用说，蛭峰康造在用钱方面非常小气，这使得鸠野桂子不得不缠着丈夫鸠野芳夫，而鸠野芳夫恰好非常宠爱自己的妻子，只要鸠野桂子开口，也都满足她。鸠野桂子有了钱，便约蛭峰丈二外出逛街，直到挥霍一空才回家。

他俩之间的不正常关系弄得家人直皱眉头。丈夫鸠野芳夫不可能不知道，但丝毫不指责也不埋怨妻子，似乎很有大丈夫的气度。但家里其他人却在担忧这种一触即发的状态，觉得总有一天会像火山那样爆发。

"丈二！"

听到妻子喊蛭峰丈二，鸠野芳夫的脸色骤变也是正常的。

森川律师觉得这样放任不管十分不妥，如果不去干涉，隔壁房间里的那对男女不知道这个房间有人而会越来越放肆，会无所顾忌地瞎说一通。

明智小五郎似乎与他有着同感，站起来走到门前。

可他好像又想起了什么，手抓住门把手，霎时间停止了关门动作，松开手后走到玻璃窗那里背靠窗户，压低嗓门问鸠野芳夫。由于他的手刚才触及过门，使得门缝比刚才扩大了许多。

　　森川律师不可思议地望着，知道明智小五郎每一个动作都表达一定的意思，于是忍着没有吭声，也不去开门。

奇迹出现

明智小五郎继续问道："芳夫，你说猿田管家稀里糊涂，能否具体说说！比如……"

"一天到晚总是不说话。"

鸠野芳夫嘴上在说，可表情很明显，是在关注隔壁房间的情况，心不在焉地回答。

此刻，隔壁房间传来鸠野桂子清楚的说话声。

"我不想跟你说话了！你一直在躲着我。"

"你在说什么呀？昨晚不是在一起吗？"

"我不是那个意思，我是问能不能像过去那样亲亲热热地对我说？"

这边房间里明智小五郎继续发问："猿田管家独自一人的时候总爱唱那种怪歌，那习惯以前有吗？"

"是一年前开始的。"

鸠野芳夫每次听到妻子说话，放在膝盖上的那两只手便会攥紧拳头。

鸠野桂子又说话了："你在听我说话吗？丈二，你不再带我出去玩了吗？"

"没那事！"

"可奇怪呀！自从罪犯从森川律师的文件包里盗走协议后，我发现你的态度就变了，变得像个陌生人，说起话来火气冲冲。"

"我哪有火气呀！"

"猿田管家好像心惊胆战的，不仅担心那个罪犯，好像还有话没说？"

"也许是那么回事？"

鸠野芳夫似乎已经没精力思考了，苍白的额头上渗出微微汗珠。

隔壁的房间里，蛭峰丈二说话了："桂子，别再说那种话好吗？隔壁房间里好像有人在偷听？我听见隔壁有声音。"

"就是有人我也不在乎，甚至有人偷听我也不会介意，尽管现在是禁止外出，但你还像过去那样邀请我，不管什么时候我都跟你出去。我才不怕警察呢！"

鸠野芳夫的神情变得越来越糟，完全是失魂落魄的模样，真让人怜悯。可悲的是，他没有勇气阻止妻子的放肆行为，再说还要回答明智小五郎的提问，只好使劲地忍着，可他额头上渗出的汗水却已经开始掉落。

明智小五郎不知何故，就像什么也没看见似的继续向鸠野芳夫提问。

"我为什么要问你这些情况，如果说猿田管家撒谎，那情况就会发生变化。多次目睹罪犯的，只有猿田管家。我们相信他说的，警方也按照他提供的线索展开搜索。可……如果猿田管家说的是假话，那……"

明智小五郎说到这里稍稍停顿一下，传来隔

壁图书室鸠野桂子更清楚的说话声："丈二，你为什么满脸冷冰冰的表情？你我难道不是居住在同一幢住宅内的堂兄妹吗？我虽说不上喜欢你，可过去我们是那么要好，现在你竟变得不愿跟我说话，甚至连看我一眼都觉得讨厌。你这样做太狠毒了！"

蛭峰丈二没有回答。

"啊，明白了，你一定是因为财产才突然避开我的，肯定与财产有关。"

"是的！说得没错。我不像你丈夫那么会挣钱，财产对我来说很重要！"

明智小五郎稍稍思考了一下，继续说："如果说猿田管家撒谎，那个盗窃纸币的人肯定就是凶手。芳夫，你对这一点是怎么想的？"

鸠野芳夫没有回答，低着脑袋，此刻他连抬头的力气都没了。

隔壁图书室里的对话又飘了过来："果然是为了财产！"

"那，你到底是什么意思？"

"嗯，蛭峰健作伯父没在协议上盖印就死了，哥哥和我将成为身无分文的乞丐！与此相反，你和健一哥哥则摇身一变成了大富翁。你现在讨厌与我这个穷女子继续交往。人因为钱竟有如此变化，令我难以置信。"

不等鸠野芳夫的回答，明智小五郎继续往下说："一次仅偷盗一千日元的盗贼，很难让我们把他与这起连环杀人案挂起钩来。可是，果真是那样吗？我好像已经感觉到两者之间的微妙关系了，侦查兴趣也随之越来越浓厚了。"

"哼，你是不是想说我有钱了，就不会和你在一起了？这句话也可以反过来说，我将成为富人，你将成为穷人，你便急着缠我。哈哈哈……是这样的吗？"

"什么，说我急着缠你？"

鸠野桂子的声音里带着哭腔，似乎要哭了。

"你怎么说都行。好吧，这话题暂时放一放吧！"

接着传来男人的脚步声，随后是图书室的关门声，好像是蛭峰丈二走了。

隔壁的图书室霎时间变得静悄悄的，寂静中传来鸠野桂子轻轻的抽泣声。

片刻后传来一阵有气无力的脚步声，鸠野桂子也走了。

"关键就在那里！芳夫，你能否帮助我找到偷窃纸币的盗贼。蛭峰康造被害前，对你说过纸币被人盗窃的情况……于是你建议他在每张纸币的角落写上不显眼的记号。可蛭峰康造当时不可能有时间写记号，因为他被子弹射中身亡了。因此保险箱里的纸币上不应该有记号，我这分析不会有错吧！"

鸠野芳夫终于抬起头，表情也不像刚才那么无精打采，因为隔壁的图书室里不再有说话声。

"那不会有错。我岳父从采纳我建议到被子弹击中，根本没时间去写记号，因此……"

"你当时和岳父蛭峰康造一直在一起吗？"

"是的。"

"谢谢，谢谢你的帮助，我已经完全清楚了，你也一定累了，请回房间休息吧！有一件事要拜托你，请帮我注意猿田管家的举动，但表面上要装作若无其事的模样，以免打草惊蛇。目前，最可疑的就是那个管家。"

鸠野芳夫由于刚才高度注意隔壁男女的对话，精神上十分疲惫，摇摇晃晃地站起身走出了房间。

"你刚才为什么不关上房门？难道不觉得他可怜吗？"

鸠野芳夫一离开房间，森川律师忍不住责备起明智小五郎来。

"你说为什么？我当然知道那对男女在隔壁的图书室里说话。可如果关上房门，鸠野芳夫会胡乱猜测，心里会憋得更难受。与其这样，倒不如让他了解这对堂兄妹的争吵实质，让他放心。"

"嗯，说的倒也是……蛭峰丈二也太狠毒了，他最近和鸠野桂子又是吵又是和，就是为了财产。"

"是的！突然间掉下一个亿的财产，不管是谁都会发生变化。你是否能猜一下，究竟是谁盗走了财产协议？"

"我想应该是那个凶手，但不清楚他的真实面目。"

"你真那样判断吗？好，我告诉你真实情况，盗窃那份协议的人不止一个。凶手偷窃协议前，也就是蛭峰健作盖印前，已经有人在打协议的主意了。"

"什么？这不可能！我带着协议一到这里就去老人的房间盖印了。"

"你不是立刻去的。当时，你在一楼的客厅里等了十多分钟。"

"嗯，是有那回事，可协议在我的皮包里呀！"

"你说得没错，可请你再回忆一下当时的情况，你是把皮包放在客厅的桌子上的。"

"噢，我想起来了，是那样的。看来，是我们进入客厅的那段时间……"

"还有，桌子上还有花瓶和台灯，花瓶里插有开满黄花的花束。"

"是的，是的。"

"可我们从客厅出来时情况又怎样了呢？皮包

虽在桌子上，但位置已经被移动了，我放在皮包旁边的帽子上沾有掉落的黄色花粉。当时我拿起帽子，不是用手掸掉了上面的花粉吗？"

"那我不记得了。"

"也难怪呀！你当时急着去三楼老人的房间，我没有漏看，花粉为什么会掉落在帽子上，不光你的皮包位置有变动，就连花瓶的位置也变动了，可见有人悄悄打开你的皮包寻找过协议。

"由于要从皮包里取出协议，需要地方，不得不把花瓶挪到旁边。可花瓶里的花正逢盛开，稍一碰就会掉落花粉，于是便有一部分花粉掉落在我的礼帽上。

"你去三楼后，我又返回客厅向大家介绍案情的进展情况，顺便仔细打量了所有人的表情，其中有一个人引起了我的注意。那男子袖口上沾有花粉，还不停地拍打。无疑，这男子就是在你皮包里寻找协议的家伙。"

"他是谁？"

"蛭峰健一！"

"咦，奇怪呀！协议不就在我的皮包里吗？后来老人还在上面盖了印！"

"嗯，当时他并没拿走，只是翻看而已，也许凑巧有人从那里经过而急忙罢手，或者他觉得没有盖印的协议在法律上不起作用而罢手。总之，他当时没有偷走协议。"

"那，说一句话又不费力，可你为什么不提醒我或者说一些让我注意之类的话呢？你要是那样做了，我会警惕，不至于睡得迷迷糊糊，那份盖有老人印章的协议就会平安无事。可你……"

"森川，那份协议没有被盗呀！"

"什么？你说什么？协议没有被盗？那怎么可能……"

"我给你看证据好吗？瞧，协议在这里！"

明智小五郎从西装内侧的口袋里取出牛皮纸信封，信封里装着那份盖有老人印章和老人亲笔署名的协议。

巧设圈套

　　森川律师看到协议激动得几乎说不出话来。

　　"怎么搞的？照这么说，这份协议一直在你身上？"

　　性格正直的森川律师忍不住冲明智小五郎吼叫。

　　"森川，真是对不起，这事我连你都保密了，可我实在是出于无奈，不这样做不行呀！"

　　"你是在我迷迷糊糊睡着时从我皮包里拿走协议的？"

　　"你说错了！当时，我是听到猿田管家的喊叫声而感到奇怪才跑去那里的。那以前，我根本没去过你待的那个房间。"

"那协议为什么会在你手里？"

"是你交给我的！"

"什么？你说什么？"

森川律师又惊呆了。

"哦，我稍稍耍了一个小花招。那天晚上，你从老人手里接过盖过印的协议后返回了客厅，不是给大家一一看过吗？最后当你把它递给我看的时候，我把协议装到我的口袋里，再取出什么也没有写的纸塞入牛皮纸信封。当然你决不会想到我会那么做，顺手把我递给你的牛皮纸信封塞入了皮包，也没检查一眼。"

森川律师哑然失色，茫然地望着明智小五郎，片刻后边点头边开口说："噢，原来是这样，你觉得有人欲偷盗协议便先发制人，是吗？"

"是的。事情果然不出我所料，你打瞌睡时有人把你皮包里的文件撒得满地都是，显然是寻找协议，就是那个凶手，就是他接连杀害了两个老人。"

"尽管这样，凶手发现应该在我皮包里的协议不见了会怎么想呢？"

"凶手知道还有人与他持相同立场，误以为那个人先于自己盗走了协议而放宽心。他清楚那个人也不希望协议存在，盗走后不是撕毁就是烧毁。"

明智小五郎说到这儿停顿下来，点燃烟猛吸了一口，随后吐出一大团烟雾，继续说了起来："虽说拿走协议的是我，但失窃协议的罪责得由你来承担，请你当着两家人的面解释一下。也就是说，你认为失窃的协议其实是夹在其它文件里，而且一直是在皮包里。协议不是失窃，而是当时没有仔细寻找而已。"

森川律师听后更吃惊了。

"这可怎么得了！这样做，我岂不成罪犯了？我怎么面对这两家失去亲人的家人呢？"

他心里在嘀咕着。

"按你的说法是要我向他们解释，说这份协议一直好端端地在我的皮包里。可你原来是让两家人都觉得协议消失了，而且罪犯是从我包里偷走的。不是这样的吗？"

"嗯，当时和现在的情况已经发生变化，现在必须改变原来的方案。这一回不是让大家知道，而是让其中一个人知道就行：一、协议还在；二、协议有法律效力。

"让这个人向大家传达，说协议找到了，在明天正式办理手续前暂时放入这房间的保险箱里，一定要他清清楚楚地向大家传达协议的所在地。"

"这，实在让我太难堪了！一个堂堂律师对于如此重要的协议居然会随意地夹放在其它文件里，传出去有损我的名誉，但不这样做又没其它好办法。哎，你大概已经胸有成竹了吧！如果真能抓住凶手，为什么一定要我把自己置于如此尴尬的境地？"

"你无论如何得这样做！我同情你，但也确实没其它办法！"

"好吧，你既然那么说了，我就按你说的办！

我这就去让大家看协议。"

森川律师很不情愿地走出房间。

留在房间里的明智小五郎走到嵌在墙里的保险箱前,转动密码后用钥匙打开柜门,接着在门背后改变了原来的密码,笑着站起身来。

片刻,森川律师回来了。

"我让大家都看了。"

"他们是什么表情?"

"表情各不相同。我首先是给蛭峰良助看的,他说什么也不信,可能是抑制不住内心的喜悦而致。试想,他能得到一半财产怎么会不高兴呢!嘴上说不信,可脸上流露出不好意思的表情,连招呼都没打就匆匆离开房间了。

"接下来我去了鸠野夫妇的房间,见鸠野芳夫不时地打量着妻子鸠野桂子的表情。当我拿出协议时,鸠野芳夫大吃一惊,而鸠野桂子则兴奋不已,放声大笑,接着是号啕大哭,酷似精神病患者。我见状急忙离开了。

"在走廊上我见到了猿田管家,还没等我开

口说话他已经战战兢兢了，不清楚他究竟是什么反应。

"返回这边的住宅后先遇上蛭峰丈二，他心不在焉的，他像蛭峰良助那样也不信，还说我中了邪，我让他仔细看了协议以后他才相信了。"

"是，他当然不希望是真的，因为原本属于自己的那份只剩一半了。"

"可能是失望的缘故，他连招呼都没打就走了。接下来我去了蛭峰健一的房间，可他不在。这时我在走廊上见到了穴山弓子，我让她过一会儿来这里。"

"你大概已经对穴山弓子说了吧！"

"说了！可她脸上的表情还是像面具那样，无法了解到她的内心深处到底在想什么。"

"你已经告诉她这份协议暂时放在房间的保险箱里了？"

"嗯，我告诉她了。可我想问你，为什么要把它放在保险箱里呢？我很难赞同你的这种做法。"

"请相信我这样做是有道理的，你马上会明

白的。"

这时传来敲门声，蛭峰健一进来了。

"听说森川律师找我？"

"是的，有关情况我已经对穴山弓子说了，请看这。"

森川五郎突然出示了协议。

"实在是对不起大家。原以为失窃的那份协议居然又出现了，仍在我的皮包里。由于包内有好些文件，当时没有细看而过早地断定它被盗走了。今天早晨没想到它突然出现了。作为律师，我实在是难以启齿。"

森川律师装作满脸羞愧的样子。

"明白了。也就是说，我们兄弟俩得按照这份协议让一半财产给堂兄堂妹吧！蛭峰良助和鸠野桂子太幸运了……就这事吧。"

"是的，根据这份协议，必须办理财产分割手续。在办手续前，这份协议暂时放在这个保险箱里。"

明智小五郎站起来打开保险箱的门，把协议放入里面的小桐木盒里，关上保险箱门后将密码盘胡乱地转了一通。

蛭峰健一的目光一直注视着明智小五郎，等到明智小五郎做完这些动作离开保险箱后便鞠了一躬走出了房间。

明智小五郎见他走后突然笑出了声。

"保险箱的密码已被我改了，蛭峰健一、蛭峰丈二和穴山弓子这三个人都知道保险箱原来的密码。如果是专门盗窃保险箱钱财的小偷，像这么简单的保险箱可不费吹灰之力就能打开。但本案件的凶手并不精通这一行，我只需稍稍改变密码就完全能防住他。"

明智小五郎接着拿起电话，通知隔壁的刑侦警察过来。

"我是明智小五郎，你现在有空吗？请过来一下！"

明智小五郎刚放下电话，森川律师等不及地问道："哎，明智，我觉得这保险箱不是最安全的地方，如果放在事务所的保险箱里要安全得多。你不是说凶手在这个住宅里吗？为什么又偏偏把协议放在这里，太危险了！并且你还把这一情况告诉了这两家的所有家人。"

"你不用担心，我已反复思考过。"

明智小五郎没同意森川律师的建议，凑巧这时警察进来了。

"啊，你辛苦了！改变一下你站岗的位置，从现在起请监视这个房间，你把椅子放在走廊的电梯边上。除我和森川律师外，其它人都不准进这个房间。隔壁的图书室和这个房间之间有道门，因此你也别让任何人进入图书室。总之，你一见到我和森川律师以外的人就挡住他们。拜托你了！"

听明智小五郎这么说，森川律师稍稍放下心来。

"这样一来，我们可以吃饭去了。瞧！快两点了。"

"是的，用不着担心，谁也进不来！可我倒盼望那家伙过一会儿偷偷潜入……"

"为什么？其实，协议放事务所的保险箱里是最放心的，放那儿什么也不会发生。"

"如果什么也不发生，我不就没事做了。"

明智小五郎的脸上露着不可思议的笑容："这是我设的圈套！凶手多半会上当！我深信它会协助我抓住凶手！"

纸币兑换

他俩走出房间去吃饭。

一到玄关，明智小五郎便催促森川走进蛭峰康造生前的住宅，见猿田管家正在用布擦拭室内的装饰摆件。

"猿田，对不起，请把我的五百元纸币换成五张一百日元纸币吧。"

明智小五郎从皮夹子里取出一张五百日元纸币，猿田管家吃惊地抬起头来，见明智小五郎笑嘻嘻地站在跟前也不由得笑了，接着从口袋里取出大钱包，数了五张一百日元的纸币递给了明智小五郎。

"太谢谢了！请顺便打开电灯开关！像这么暗的房间什么事也做不成。"

猿田管家的脸上微微露出不可思议的表情，按照明智小五郎说的按下电灯开关，于是台灯亮了。

明智小五郎径直地走到台灯边上，一张一张地观察着刚才从猿田管家手里换来的五张纸币，那模样似乎在寻找假币。

猿田管家见状大吃一惊，两条腿直打哆嗦，开始局促不安起来，脸上布满了担心的表情。

"哦，对不起，我们外出吃饭。"

明智小五郎把纸币放在口袋里，催促森川尽快离开。

两个人走进附近的一家餐馆刚坐下，森川律师就迫不及待地问了起来："刚才那五张纸币上是不是写有曾经看到过的记号？"

"有！五张纸币上都有记号，你瞧！"

森川律师接过明智小五郎递来的纸币，果真发现了记号。

"嘿，老管家竟染有偷钱的坏习惯，可这构不成大罪……哎，他就这些罪行吗？"

"不，还有很多！罪孽也不小。你马上会明白的！"

明智小五郎说了这句发人深思的话后就没再说下去。

"看猿田管家的神情，他好像已经明白了什么？

"没关系！他一定会站在我面前捶胸大哭！"

明智小五郎胸有成竹地说道。

两个人吃完饭回到蛭峰健作生前的办公室，片刻后传来轻轻的敲门声，门开了，是猿田管家。

"有什么事吗？别拘束，请进！"

明智小五郎爽朗地说道。

"打搅了……我想跟你说一些事……"

"怎么了？请坐在椅子上说！"

明智小五郎非常友好地朝对方说道。于是，猿田管家跌跌撞撞地走进房间。他没有坐下，而是站着伸出双手搭在椅背上，微微苍白的脸上唯有那对眼睛眨巴个不停。

桌子上放着保险箱。

"偷保险箱里钱的是我……我这是实话。"

"你一共偷了多少钱？"

"这个，我说不清楚，是一点一点偷的，偷了许多次……但全部加起来不到一万日元。实在是对不起，我有这么一个坏习惯，也不知是什么时候开始染上的……"

"是不是在蛭峰康造生前就开始了？"

"嗯，是的，并且今天早晨也……"

猿田管家觉悟了，交代了偷窃罪行后他的表情仍然惶恐不安，好像在担心什么。

他的两条腿在哆嗦，突然尖叫着说起话来，声音里夹杂着颤抖："明智大侦探，我打算请假，我再也忍受不了了。"

他说完身体便剧烈摇晃起来。

"谁都不知道，谁也不明白，那家伙……那家伙……要杀我。"

明智小五郎的两只手撑在桌子上，眼睛紧盯着老管家，而猿田管家的鼻孔里则不停地传出重重的喘气声。

不一会儿，明智小五郎表情严肃地说道："你经常从保险箱里偷钱，可以说是惯犯，可你为什么如此害怕呢？"

"你们不知道，就是对你说了也不会理解的，总之我在这里是一分钟也待不下去了，请放我走吧！拜托了。"

"那不行，你是小偷，必须抓你。"

"好，那也好，请快来抓我，快把我从这里押出去！"

"哈哈哈……我是跟你开玩笑的。你只要把偷的钱如数交出来，我们可以替你保密。

"我如果按你说的做了，就放我离开这里吗？"

"不，那不行。在没有弄清你为什么害怕的理由之前，我不会放你离开这里。"

猿田管家突然站来。

"那可不行，我说出去就会没命的。"

这时，明智小五郎的眼睛里射出犀利的目光。

"他是谁？快说出他的名字！"

"是，是那个家伙！"

"是身穿大衣的那个家伙吗？"

"是，是的。"

猿田管家说到这里停住了，片刻后慌里慌张地环视了一下周围，提心吊胆地压低着嗓门说道。

"我说，我说，就在刚才你俩去吃饭的时候。"

"嗯，接着说。"

"我只想对侦探说。如果你能发誓不对其他人说，我就……"

"我不说出去。好了，快说！"

"不过……"

他看了一眼森川律师犹豫起来。

"那好，我去隔壁的图书室！"

森川律师注意到了老管家的疑虑，赶紧站起来，猿田管家见状急匆匆地跑到门前替森川律师开门，随后又把门紧紧关上了。

不打自招

　　大约过去十分钟，明智小五郎敲门喊了森川律师。

　　这时，房间里的猿田管家已经不见了，只有明智小五郎一个人在房间里踱着方步，满脸得意的表情。

　　"嗯，比我预想的还要精彩！情况就是这样的。"

　　"可你不是向他保证过不对任何人说吗？"

　　"那是给他吃一颗定心丸，我不那样说，他不会如实交代。其实，他就是隐瞒也白搭。"

明智小五郎说到这里点燃了烟，舒舒服服地吸了一口后接着说道："猿田管家现在十分恐惧，从你离开到让他开口说话，我费尽了口舌。情况是这样的，就在我俩外出吃饭时，邮递员送来了邮件。他从信箱里取出邮件后按姓名送到了收信人的房间，这是猿田管家的工作。

　　"这些信件里有一封没贴邮票的信，甚至连邮戳都没盖，而信又是寄给猿田管家的。不用说，那上面也没有写寄信人的姓名。猿田管家感到蹊跷便拆开信封阅读了信上的内容。

　　"猿田管家看完那封信后，立刻明白了寄信人是谁，觉得自己不能继续在这里待了，哪怕一分钟也不能多待，所以打算逃走，于是悄悄地来到我们这里。这就是那封信，你看一下。"

　　森川律师接过信看了一遍，这是一张没有什么特征的信纸，信是用铅笔写的，字体歪歪斜斜的。

　　"猿田，你好！今天晚上，我想和你单独见面。信上的内容不准说出去，否则你的性命难保。

我的下列指示，你必须不折不扣地执行。今晚十二点，你去左三角馆蛭峰家的地下保姆间，站在窗前看着后院。你必须事先关闭所有灯光，做到室内漆黑一片，再打开通向后院出入口的门，以便让我从外面进来。我一出现在院子里，你必须重重敲三下玻璃窗，那是信号，表明一切正常。如果不正常或者有其他人，就不准敲玻璃窗。你发出信号后必须在黑暗里等候，不准离开。明白了吗？如果你有半点怠慢或者有背叛之意，就别怪我不客气。我手里的枪，是专门用来惩罚叛徒的。"

"显然，这些字是用左手写的，信封和信纸也都是用铅笔写的，没有特征，非常普通。这说明罪犯十分谨慎。"

明智小五郎等到森川律师看完信后解释说。

"这家伙太猖狂了！"

森川律师惊讶得自言自语。

"那是罪犯的秉性，也是我们捕捉他的着眼点。"

"那家伙真会来吗？"

"你不必怀疑！他肯定会来！因为那里有他必须来的理由！也就是说，凶手在做最后的挣扎。今晚是罪犯孤注一掷的时候，不得不使出最后的招数。

"机不可失，我们必须瞅准时机捕获罪犯。对方肯定会耍阴谋，但我已经制定了对策。倘若计划成功，今晚将是抓获凶手的最好时机。"

明智小五郎说到这儿情绪显得十分激动。

"那，你能否把抓捕计划说给我听听。"

"首先把两家人全部集中在一个房间里。"

明智小五郎这么说完，拿起电话喊来猿田管家和女用人，让他们分头通知所有人到下面的客厅集合，接着转过脸慢悠悠地对森川律师说："我有件事要拜托你，行吗？接下来我要跟这两家人说话，有一点我得提醒你，不管我说什么，你只管听，千万别吭声。因为，我也许会说一些你不愿意听的话。

"我知道你为人正直，说不定会忍不住发脾气，但你必须忍耐，不要说任何话，好吗？我是在深思熟虑的基础上才这样做的，就这事拜托你！"

森川律师点头表示服从。

"女用人已经分头通知了，我们最好先去那儿等他们。走，到下面去！"

明智小五郎说完，把那封恐吓信放入了口袋。

他俩来到客厅后没多久，两家人陆陆续续地来了。

最先到的是穴山弓子，这女人满脸冷漠的表情，进来后也不朝他俩看一眼，一声不吭地坐在沙发上。

接着进来的是蛭峰健一，也没有同他俩打招呼，嘴里叼着烟，眉头紧锁，走进客厅后坐在另一张椅子上，眼睛望着墙上的油画。

"丈二没跟你在一起吗？"

明智小五郎朝他问道，他回答："哦，我不知道。丈二他去了隔壁住宅，好像是谁来通知他的？"

正巧这时蛭峰丈二来了，是与鸠野桂子一同进来的，十分亲昵的样子。

森川律师见状暗自感到震惊，尤其看到他俩手挽着手进来，不由得苦笑起来。

　　他俩十分亲热，蛭峰丈二更是一百八十度转弯，俨如鸠野桂子的保镖。他让鸠野桂子坐在椅子上，见鸠野桂子把香烟夹在嘴上，他立即掏出打火机给她点上。

　　其实就在几个小时前，蛭峰健作留下的财产分配协议不见踪影，这意味着鸠野桂子将成为身无分文的穷人。而得知这一消息的蛭峰丈二，则立即与她分道扬镳了。

　　岂知情况发生了戏剧性变化，消失了的协议又"飞"了回来，鸠野桂子的命运有了决定性的转机，满肚子私利的蛭峰丈二为能享用她的那份钱财，又闪电式地与她重归于好了。

　　鸠野桂子当然清楚蛭峰丈二的动机，可又不愿意在丈夫的支配下过那种平静的生活。虚荣心极强的她不但羡慕堂兄蛭峰丈二的英俊潇洒，还希望能与这样的俊男一起外出游山玩水。

　　接着进来的是鸠野芳夫，他朝蛭峰丈二看了一眼，找了一个距离鸠野桂子最近的地方坐下。

最后进来的是蛭峰良助，脸上的表情十分呆板。按理说，能分得一半财产应该眉飞色舞才对，可他没有丝毫高兴的神情，好像在思考别的事情。

套中有套

　　明智小五郎见两家人都到齐了，于是站起来说话："我请大家到这里集中，是因为有十分紧急的事情与大家商量。今天晚上，这里将发生重大事件，希望各位配合。因为，我决定今晚将凶手捉拿归案。可要完成这项任务，没有你们的帮助是不行的。

　　"假如我通知中村警长让警察厅派巡逻警察在周围设下天罗地网，这是很容易做到的，可那样做势必会打草惊蛇、放跑罪犯。为了不让罪犯闻风而逃，我们要装作什么也不知道。但要做到这一点，

212

除请求你们帮助外没其它办法。"

明智小五郎说到这里稍稍停顿了一会儿，蛭峰良助冷不防地站起来。

"你说什么？你是说那个凶手又出现了？"

"是的，那家伙今晚十二点来这里。"

明智小五郎故意压低着嗓门说。

霎时间，房间里鸦雀无声。

蛭峰健一看向旁边，用讥讽的语调说道："你好像挺自信罪犯今晚一定会来这里，请问有什么根据吗？"

"当然有，罪犯给猿田管家送来一封恐吓信。请大家看这！"

明智小五郎从口袋里掏出恐吓信递给蛭峰健一，并向大家叙述了猿田管家得到这封恐吓信的过程，他不知所措，就把信拿到他这里了。

蛭峰健一看完信，把信递给旁边的蛭峰良助。不一会儿，恐吓信在两家六个人的手上转了一圈。

蛭峰丈二和鸠野桂子只用眼角在那封信上晃了一眼，立刻就像丢脏东西似的，赶紧把它传到旁边人的手上。

鸠野芳夫看得很慢也很仔细，脸上渐渐流露出愤怒的表情。

蛭峰良助看着看着，手不由得微微发抖。

穴山弓子还是像平时那样，脸上没有任何表情。

明智小五郎朝大家环视了一眼，又说了起来："这件事需要和大家商量，若过分张扬可能会惊动罪犯。关于这一点，我先提醒大家充分注意。那家伙如果不来，我们所有的努力将付诸东流。我经过再三考虑，觉得没必要将今晚可能发生的情况通知警方。我们齐心协力也许能抓住罪犯。再说这儿有四个年轻人，加上我和森川律师总共有六个大男人。我的计划是，我们六个人埋伏起来等待罪犯自投罗网。罪犯有枪，伏击罪犯是有危险的。怎么样？大家能赞同我这个抓捕罪犯的计划吗？"

蛭峰丈二脸色苍白，朝后退了两三步。一时间谁也没有回答，尽管心里有着各自的想法，可谁都不愿让别人看出自己是胆小鬼，没人说半个不字。

遇道这种场合，鸠野芳夫是最镇定的，代表

大家语气平静地说道："我们大家依照大侦探说的办！"

"嗯，请放心！如果遇上对方掏枪，我会挺身而出挡在前面的，不会让各位受伤。大家埋伏在地下室的角落里，只要不让那家伙逃走就行。"

"说到底，还必须形成只有猿田管家一人在等的假象。也就是说我们所做的一切，必须按照罪犯在信上写的那样。只是猿田管家的位置暂时由我顶替。在黑暗里等那家伙时，我不会让他有掏枪的机会。这一点我有信心，请大家放心。"

这时，鸠野桂子突然哭着一把抱住了蛭峰丈二。

"我害怕，我不能待在这里……"

"我打算去水明馆那里，你也去那里吧！"

穴山弓子说，水明馆是附近的一家旅馆。

"噢，那太好了！你俩就去旅馆避一下吧！让那些女用人尽快到屋顶的夹层里躲一下，别忘了叮嘱她们在门内侧上锁。"

蛭峰丈二说完后兴奋地大叫，那语气令人难以捉摸。

"好！就这么办。哈哈哈……良助，可以了吧！那家伙是我们父亲的仇人，一定要抓住他！"

蛭峰健一在这种场合下仍保持着平常的状态，转过脸朝着蛭峰丈二，表情好像在说，吵什么。

鸠野芳夫是蛭峰家四个大男人中年龄最大的，给人特别稳重的感觉，唯一的弱点是对妻子宠过了头，把她看得比什么都重要。

"那好，今晚十一点一到，大家各就各位，地下室里有好几个房间，每个房间分别埋伏一个人。至于具体人员配备，我会在十一点前考虑好，到时候公布。

"请各位晚上十一点集合，别弄错时间！至于女用人们，我让她们在十点之前进入屋顶的夹层里。"

明智小五郎说完后与森川律师一起悄悄地离开了，走到二楼向站岗的警察询问有没有异常情况，警察回答说一切正常。此刻，站岗警察已由原来的一人增加至两个人。明智小五郎事先拜托中村警长，让他加强警力布控。

走进办公室，森川律师忍不住问起明智小五郎来："因为事先有约定，我只能一声不吭。说实话，对你的做法我根本不赞成。你口口声声说别对任何人说，可那些听到此消息的人都是这个家里的人。再说你认定罪犯就在这个家里。你不仅泄露了秘密，还与他们商量如何捕捉罪犯，简直是自相矛盾，你到底想干什么？"

"其实我说的一点都不矛盾，看上去似乎有一点违背常识的地方，可最有趣的地方就在这里。"

"你把捕捉罪犯的方案告诉了罪犯，他还会来吗？肯定不会来！"

"不，他会来的。我也好，罪犯也好，都在制造假象！这就看谁设的圈套能套住对方，胜负取决于谁具有高出对方一筹的智慧。"

这时传来敲门声，是猿田管家。

"请进！"

"明智大侦探，你把信的内容都对大家说了吧！你知道我现在是什么处境吗？有人说要杀我，我一定会死在那人手里的。"

猿田管家嘶哑着嚷道，双手捂在脸上抽泣。

"没关系！我会保护你的，请尽管放心！"

"恳求你把我放走吧！只要是你说的地方，不管哪里我都去。"

"好，那你就去水明馆躲一下吧！穴山弓子、鸠野桂子今晚都住在那里，你就一起去吧！怎么样，你主动去鸠野芳夫那里说一下，他一定会同意的。"

"好，那我就放心了，我去他那里说说看。"

猿田管家总算放下心来，步履蹒跚地走出了房间。

各就各位

"原来是那么回事!"

猿田管家刚消失在门外,森川律师便自言自语道:"这家伙真能演戏!你现在总算明白我把猿田管家赶到外面的用意了?罪犯就是他!他为了今天晚上从后院进来,所以才希望去外面住宿。"

明智小五郎笑着问森川律师:"按你的推理,该怎样解释罪犯的杀人动机呢?"

"那是因为蛭峰康造发现猿田管家是小偷的缘故!虽说那就是杀人动机,似乎有点牵强,可猿田管家毕竟是上了年纪的怪人。当偷钱行为被蛭峰康造察觉，便恼羞成怒翻脸不认人，杀人灭口。从那时起，他便假戏真做，时而扮作残疾人，时而打伤自己的下巴……"

明智小五郎笑了："不对，不对，你完全说错了！老管家虽说是残疾人，可充其量只不过是嗜好小偷小摸，不可能去杀人！"

"可凶手的模样仅猿田管家一人见过，难道我说错了吗？"

"那是因为罪犯利用了猿田管家胆小的弱点！你忘了一点，假设猿田管家枪杀了蛭峰康造后马上模仿凶手的奇怪模样，那雪上的脚印又该怎么解释？蛭峰康造说保险箱里的钱被窃的时间是晚上。而伪造脚印的，是白天。如果罪犯是猿田管家，你不觉得奇怪吗？

"现在，我们站在罪犯的立场分析问题。也就是说，罪犯为了制造外出返回的假象，是事先伪造脚印的，到了晚上便化装出现。凑巧遇上猿田管家开门接待。如果他稍加仔细观察，也许能识破罪犯身上的化装。

"当然罪犯早有思想准备，一旦被猿田管家识破，会说是外出了一会儿刚回来。遗憾的是，猿田管家被巧妙地利用了。罪犯隐藏片刻后再出现的时候，又凑巧被走到那里的猿田管家碰上。

"凶手不但将猿田管家吓得魂飞魄散，还迅速地将他击倒在地。猿田管家根本来不及喊叫，可罪犯开枪射击这一事实清楚地映入了他的眼帘。应该说这都是罪犯事先设计好的，故意让他目睹这一事实。不用说，猿田管家只是被罪犯巧妙利用而已。"

"噢，你原来是这么想的！看来罪犯的圈套还真是天衣无缝呢！"

"嗯，可以说是无懈可击。大衣和礼帽那种简易化装起到了出人意料的作用，只要扔了就行了。罪犯没想过再利用这些化装道具。"

"不对，罪犯第二次不是又化装成与第一次相同的模样吗？"

"嗯，罪犯也没想到会第二次用那些道具。因为罪犯绝对没想到蛭峰健作竟然请你制作一份具有法律效力的协议。罪犯是趁你瞌睡时进入客厅的，当时他没有化装。"

"奇怪！猿田管家不是见过那罪犯吗？"

"那是你的礼帽和大衣！罪犯打开你的皮包寻找协议时，听见走廊上传来猿田管家哼歌的声音，估计老人不可能去客厅，便赶紧取过你放在桌子上的礼帽和大衣穿在自己身上。如果猿田管家走上前去就有可能遭殃，因为罪犯根本没把他放在心上。

"事实上，猿田管家当时已经吓得魂不附体。罪犯趁此机会，把礼帽和大衣扔在原来的桌子上后便逃走了。猿田管家则边跑边呼救。当你听到叫声睁开眼睛时，罪犯早已逃之夭夭了。"

窗外，黄昏临近，路灯的光线照亮了玻璃窗户，昏暗的房间里浮现出明智小五郎的影子。过了好一会儿，他才说了这么一句："总之，再等几个小时一切就会真相大白了。"

不一会儿，他俩离开蛭峰别墅去附近的餐馆吃晚饭。

森川律师一想到罪犯将在今晚被捉拿归案，心里怎么也平静不下来。

"今晚十二点前按理不会发生什么，请放宽心吧！"

明智小五郎吃完饭，像平时那样悠闲地抽起烟来。

"本案太不可思议了！在我的侦探生涯里实属罕见！"

"嗯，我完全赞同。殊不知我这律师也被这案件弄得颠三倒四！哎，这起连环凶杀案的动机难道是为了财产？那份协议果真有那么大作用？"

"是的，它包含两个方面，一个是财产问题，另一个是鸠野桂子与蛭峰丈二之间的问题。如今，他俩仅仅是财产的原因而形影不离。从表面看，鸠野桂子好像喜欢蛭峰丈二，希望能与他结伴外出。

"而蛭峰丈二相反，这个花花公子除了与鸠野桂子一起外出游玩外，还抱有挥霍鸠野桂子钱财的奢望。由于财产分配上的根本变化，使得他与鸠野桂子间的交往，由热到冷，再由冷到热。

"很显然，他的目的不是与鸠野桂子在一起，而是想将鸠野桂子的财产据为己有。经过分析，他俩与本案之间的关系很深。你可以结合他俩与本案的关系进一步分析，本案的谜团也就自然而然地解开了。

"首先，蛭峰康造的死对谁有利？其次，蛭峰健作的死对谁有利？接下来你再逆向思维，两个老人的死损害了谁的利益？手提保险箱里的纸币失窃，是一个谜。至于弄清了小偷是猿田管家，究竟是谁偷的问题也就不存在了。

"可纸币失窃的背后，隐藏了另一个秘密。其实，本案最有趣的地方就在这里。怎么样？你分析一下吧！再过几个小时，凶手就将彻底暴露在光天化日之下……"

明智小五郎说到这里看了一眼手表，站起身来："现在是最好的时机，我们回三角馆吧！"

他俩离开餐馆，沿着夜色笼罩的大街朝三角馆走去。

"保险箱里的协议不会被盗吗？"

"没关系，两个警察在那里保卫呢！我叮嘱过他们，十一点前别离开岗位，十一点到了请他俩回去。"

"为什么请他俩回去，保险箱没危险吗？"

"要把所有力量集中在地下室。十二点时，除了这两家的四个男人和我们以外，不能有其他人在，这是我捉拿罪犯最关键的地方。"

他们到达蛭峰别墅时已经十点半了。一按门铃，是蛭峰良助开的门。

"啊，你们终于回来了！我们实在忍不住了，像热锅上的蚂蚁。"

"女用人们已经休息了吗？"

"是的。她们都去屋顶的夹层休息了，穴山弓子、鸠野桂子和猿田管家在你们外出吃饭的时去了旅馆。现在，这幢别墅里仅剩下八个男人，两个是在隔壁看守办公室的警察，四个是我们两家的，再加上你们两个。"

三个人说着话正要经过楼梯旁边的时候，凑巧遇上鸠野芳夫从楼上下来。他虽个头不高，可长得很结实，嘴唇与鼻子之间留着黑黑的胡子。这四个男人中间，就属他最镇定。

"怎么样，该集合了吗？"

鸠野芳夫问道。

"是的，请大家集合吧！电梯停在哪层？"

"一直停在一楼，打那以后谁也没再用过电梯。"

"那好，把电梯两侧的门打开，一旦需要时它就是两家之间的通道。"

明智小五郎走到电梯里打开两边的门。

"哎，芳夫，对不起，请你把蛭峰健一和蛭峰丈二喊来，我们三个人在客厅里等你们。"

三个人走进客厅。

片刻后，鸠野芳夫走在前面，蛭峰健一兄弟俩跟着走进了客厅。他们三个人中间，数蛭峰丈二兴奋。

明智小五郎看着他们各就各位后，好像还在等什么。

不一会儿，门口出现了两个专门看守保险箱的警察，朝明智小五郎打过招呼后就回去了。

"警察来回巡逻，罪犯不得不小心谨慎，也不敢靠近保险箱。可今晚就我们这些人捕捉罪犯，一旦都去了地下室，再加上女用人们都去了屋顶的夹层，别墅里也就空荡荡的了。因此，我再三请大家一定要齐心协力！"

森川律师心急如焚，担心保险箱在这段时间里发生异常情况。可与明智小五郎有约在先，只得百般忍耐，一声不吭。

"已经十一点了，我们大家该各就各位了！"

明智小五郎作为总指挥官，郑重其事地站起来下达命令。

"我不会让你们中间的任何一个人受伤的，这是我的责任。可对方是连续杀害两位老人的亡命之徒，因此请大家必须明白，面对这样的罪犯是相当危险的。

"我也不清楚罪犯到底要对猿田管家说什么，显然罪犯急着想见他是明摆着的。也就是说，罪犯一定会来，我们要做好充分准备。"

四个男人侧耳聆听，但表情各自不同。

鸠野芳夫连连点头。

蛭峰健一依然背朝大家，脸上皮笑肉不笑的。

蛭峰丈二故意摆出镇定自若的神态，两只布满血丝的眼睛望着天花板。

蛭峰良助显得失魂落魄，目光似乎被什么可怕的东西吸引着，两手不停地颤抖。

"现在，我们来确定一下各自埋伏在地下室的位置，请耐心等待时机，坚决堵住罪犯的退路。一旦时机成熟，大家必须立刻从四面八方扑向罪犯。"

明智小五郎从口袋里取出纸，用铅笔在纸上画了地下室的平面草图。

伏击罪犯

"地下室的情况，我想大家都了如指掌。我简单地画了一张草图：从一楼沿楼梯到地下室，有一条狭长的客厅；客厅终端的那个房间，是堆放煤和柴等燃料的；它边上那个房间里有炉灶，是用来做饭的；再里面那个房间，是厨房；女用人休息室就是面朝后院的地方，也就是从客厅进来的地方；女用人休息室最里面的地方，便是洗衣房。

"罪犯先在院子里出现，沿石台阶下来穿过两家的共同出入口，这道门是敞开的。根据罪犯在信中给猿田管家下达的命令，罪犯经过那里首先是进入客厅。

"但接下来到底选择哪条路，目前很难知道，究竟是直接进入我们埋伏的休息室，还是小心谨慎地从灶间绕过烹调厨房来到休息室的后面。为此，我们必须事先制定好万全的对策。"

鸠野芳夫听得非常认真，听到这里时忽然插嘴问道："这么看来，我们是不是应该分开埋伏在各个房间里呀？"

"是的，唯独客厅里不能埋伏。否则，一旦被从院子里进来的罪犯发现，他便会转身逃窜。我就是担心这一点。我经过一番深思熟虑才决定这样做的，请大家牢记自己埋伏的位置。

"森川律师和我代替猿田管家埋伏在休息室里，请健一埋伏在那里边的洗衣房里。请良助埋伏的地方，是与厨房相连接的门旁边。丈二，请你埋伏在厨房对面的角落。芳夫，请你埋伏在灶间里，但埋伏的位置与通向客厅的那扇门要稍离开一些，明白了吗？"

接着，明智小五郎又重复了一遍。

"我和森川埋伏在休息室里，请大家在罪犯没有进入休息室之前坚守自己的岗位！"

"哎，我们怎么知道罪犯已经来到你们埋伏的休息室了呢？"

蛭峰良助问道。

"听说话声就能知道。罪犯一定会说什么，我们也会附和他说些什么。夜深人静，一有声音，不管哪个房间都能听到。一旦听到说话声，请芳夫和良助悄悄地来到客厅，守住通向院子的门口，你俩的作用就是不让罪犯逃到院子里。

"这时候，健一一定要坚守住自己的岗位，瞪大眼睛别让罪犯穿过洗衣房。丈二不要离开厨房，你的作用是不准罪犯逃到厨房。"

明智小五郎重复了一遍布置，把每个人的姓名填写在草图上。

大家围成一圈，目不转睛地看着纸上的地下室草图。

这时，鸠野芳夫开口问道："也就是说，你和森川负责抓罪犯吗？"

"我想尽可能地靠我们的力量抓住罪犯，但罪犯一旦有逃走的迹象，也请大家立刻从四面八方包抄上来，协助我们抓住他。当然，遇到这种情况我会大声喊你们的。"

"太周到了！罪犯就一个，而我们有六个，罪犯休想逃走。"

健一仍像平常那样，说起话来喜欢用嘲讽的口气。

"哎，尽管是六对一，也不能马虎！不把对手放在眼里是最危险的！"

明智小五郎责备着蛭峰健一。

"好，我们现在各就各位，距离十二点只剩三十分钟了。"

说完，他走在前面朝客厅走去，大家一声不吭地跟在他的身后。地下室里所有的灯都熄灭了，明智小五郎打开事先准备的手电筒照亮楼梯，接着又把手电筒的灯光移向身后数了一下人数。

此刻谁也没有说话，只是踮着脚尖小心翼翼地往前走。在伸手不见五指的黑暗中，大家仿佛觉得罪犯就隐藏在周围的某个角落里，并且觉得罪犯会随时朝他们扑来。

明智小五郎先打开灶间的门，用手电筒照着里面说："芳夫，你就埋伏在这里，站在角落监视这扇门，别忘了我刚才说的，要密切注视休息室那儿的动静，在没有听到说话声音前不得擅自离开这里。"

鸠野芳夫边点头边借助手电筒的光走进灶间，消失在漆黑的角落里。

"如果听到你们那儿传来说话声，我就立即去客厅堵截罪犯不让他逃到院子里。我是这样的任务吗？"

黑暗笼罩的灶间里传来鸠野芳夫的问话声。

"是的。"

明智小五郎又用手电筒照亮正面灶间与厨房之间的那扇门。

"良助和丈二埋伏在那边，良助你埋伏在距离出入口近的地方，丈二埋伏在最里面的角落。听到说话声后，丈二还是埋伏在原来的地方，良助和芳夫一起去客厅，把守那里堵住罪犯逃走的路。明白了吗？”

“明白了！别担心！”

蛭峰良助虚张声势地答道，可转眼间又无精打采了，一副害怕的样子。

蛭峰丈二是跟在蛭峰良助的身后走进厨房的，两手插入口袋，肩膀高耸。那走路姿势活脱像一个机器人。

明智小五郎把他们三个人安排在两个房间里后，便沿客厅朝休息室走去。他身后跟着森川律师和蛭峰健一。

“健一，你知道自己埋伏的位置在哪里吗？”

“我穿过休息室进入洗衣房，尽量埋伏在洗衣房里距离门口远一点的地方。需要我出现的时候，我便靠近门口不让罪犯逃走。”

蛭峰健一像念经似的说了一遍。

三个人一起走进休息室，蛭峰健一打开洗衣房的门后便消失在黑暗里。

明智小五郎和森川律师坐在窗前的椅子上。明智小五郎为了能让四个人听到他说话的声音，便大着嗓门嚷道：

"注意了，我现在熄灭手电筒灯光。无论谁不管发生什么情况，都不准开灯。剩下时间是二十分钟，请大家不要抽烟，也不要发出响声。明白吗？"

"明白了！"

最先传来的是蛭峰良助响亮的回答声，接着相继传来鸠野芳夫和蛭峰丈二的回答声，最后是蛭峰健一闷得发慌的回答声。

明智小五郎熄灭手电筒的灯光后，整个地下室黑得伸手不见五指，没有一丝亮光。他和森川律师所坐的位置旁边，是与他们胸部差不多高的玻璃窗台。从那里眺望后院，窗台高度与他俩的视线几乎相同。他俩双目凝视，观察着漆黑的院子。

与室内的黑暗相比，院子里的黑暗程度要稍稍轻一些。

远处昏昏沉沉的路灯灯光铺在院子中央的石块上，折射出淡淡的苍白色。昨夜的雨冲走了积雪，显露出地面的本色。

夜越来越深，大街上不再传来汽车驶过的声音。此刻每转动一次身体，身上便会清楚地传出衣服与衣服之间的摩擦声。

突然，他们前边的桌子上亮了起来。原来是明智小五郎打开了钢笔形状的手电筒，为不使灯光漏到窗外，他把手电筒紧挨着桌面。

灯光下，不知什么时候放了一张纸，明智小五郎正在纸上写道："森川，再过一会儿我们就要开始行动了！届时请什么也别问，跟着我干就是了。"

森川律师点点头表示同意，于是手电筒的灯光熄灭了。

紧接着又是一阵沉默，院子里什么变化也没有。

一直专心关注事态发展的森川律师，猛然觉得浑身没劲，脸变得疼痛起来。一想到那个丧心病狂的杀人犯就要出现在眼前，脑瓜子里不由得产生了想马上逃跑的念头。

室内沉闷的空气连喘气也困难，森川律师微微地摇晃了一下身体。这时传来椅子的响声，吓得他立刻缩成了一团。

霎时间不知从哪里传来响声，仿佛是远处传出的惊雷声。与此同时，遥远的天边闪了一道令人颤抖的光。

森川律师顿感脑瓜子一片空白。

这样下去可不行，弄不好会患上贫血症。

刚想到这里，猛然觉得明智小五郎的手触及了自己的身体，好像在摸口袋。对，口袋里有枪！

明智小五郎与森川律师事先都准备了手枪，而这时的明智小五郎正在核实口袋里的那把枪。

时间还没到十二点，森川律师已经觉得自己有点神志不清了。

在身后其它房间里埋伏着的四个男人，或许就有罪犯，凶手也许会推开背后的房门？也许会把枪口对准自己的背部。

想到这里，好像真有一股冷风触摸着自己的后颈脖子。嗯，可能是背后的门开了，冷风吹进房间的缘故。明智似乎已经清楚罪犯是谁。如果罪犯就在这四个人中间，无论他多么机智勇敢也多半不会这样镇定！看来，罪犯很有可能在水明旅馆里。

一个是冷若冰霜的老妇人，一个是年轻貌美的少妇人。如果他俩中间有一个是化了装的罪犯……

这时，明智小五郎突然使劲抓住了他的手臂，森川律师不由自主地跟着站了起来。窗外射来的淡淡光线里，明智小五郎正朝玻璃窗那里伸长脖子，隔着玻璃眺望漆黑的院子。猛然间，森川律师感到自己的心脏发出了剧烈跳动的响声，急忙把视线投向玻璃的外面。

窗外一个有黑影，正慢慢地朝他俩靠近。

瞥了一眼手表的时间，凑巧是十二点，罪犯准时出现了！

鼠色的礼帽，鼠色的大衣……罪犯把帽檐压得低低的，把大衣领竖得高高的，把围巾一直裹到鼻子，遮掩了脸，耸起右肩，朝右歪着脑袋。

这家伙就是制造连环杀人案的凶手！

见对方一来到院子里，明智小五郎赶紧连敲三下玻璃。过了一会儿，他又重复刚才的动作。

只见那家伙稍稍加快了脚步，那神情似乎理解了暗号的意思。

束手就擒

　　明智小五郎站起身后紧紧抓住了森川律师的手臂。

　　"跟着我，别出声！"

　　他把嘴凑到森川律师的耳边说道。

　　两个人来到门外，沿客厅朝相反方向的楼梯那里跑去。

　　啊，盼望已久的凶手终于出现了！可明智小五郎并没有带他迎面抓捕，而是朝楼梯那里急匆匆地跑去。这是为什么呀？

　　森川律师尽管手被拽着，可心里满腹狐疑。明智小五郎拽着他不停地跑着，沿着楼梯往上跑。当他们到达一楼的客厅后，刚才还一直十分谨慎的明智小五郎，突然间狂奔起来，横着穿过门敞开着的电梯，进入右边的住宅后，又沿楼梯朝二楼疾跑。

森川律师喘着粗气，险些摔倒在地。

"啊……好了，总算抢先赶到了！这回我们胜利了！"

一走进二楼的那间办公室，明智小五郎才放下心来，仔细打量着漆黑的房间。

突然，他把房门推开，埋伏在门与墙之间，森川律师也被他拽入那里。

"我们就在这里埋伏，罪犯马上要来了！

"那封信其实是诱饵！罪犯用它把大家的注意力吸引到地下室！他想趁此机会潜入这里偷盗那协议。他的诡计被我识破了。"

明智小五郎说到这里停了下来，竖起耳朵倾听。

这时，走廊上传来轻微的响声，是罪犯踮着脚尖匆匆跑来的脚步声！

明智小五郎拽着森川律师，两个人的身体完全隐藏在门的后面。

罪犯的手电筒照亮了保险箱，罪犯站在保险箱跟前，接着蹲下用手转动密码盘。

保险箱怎么也打不开，黑影歪着脖子琢磨起来，接着从口袋里掏出工具之类的东西套住保险箱的密码盘。

"开灯！"

明智小五郎朝着森川律师的耳朵轻声说道：森川律师急忙伸出手在墙上摸了起来，寻找开关。

这时，明智小五郎像猛虎下山那样扑过去抓住了罪犯。

"哇！"

尖叫声在别墅里回荡的同时，罪犯手里的枪喷射出火花。

森川律师的手终于摸到了开关，室内顿时亮如白昼。

明智小五郎把罪犯摁在地上，罪犯的枪滚落到很远的地上。

身着大衣的罪犯一边呻吟一边挣扎。

此时，埋伏在地下室的男人们听到枪声吓了一跳，叫喊着朝楼上跑来。

罪犯拼命挣扎，就在他使出全身力气支撑起上半身时，明智小五郎已经将铮亮的手铐戴到了罪犯的手腕上。

万念俱灰的罪犯不再挣扎，垂头丧气地趴在地上。

地下室的男人们先后赶到门前。

走在前面的是蛭峰健一。他一走到门前便打量着趴在地上的罪犯，喉咙里不由得挤出惊叫声："罪犯怎么是你？你不是芳夫吗？"

头上那顶礼帽早已滚落到一边，围巾也散落在一旁，使得罪犯的脸毫无遮掩地暴露在灯光下。那张苍白的脸不是别人，正是鸠野芳夫。

犯罪动机

第三天。

明智小五郎与森川律师在银座一家小有名气的花龙亭餐馆见面了，两个人坐在包房里有说有笑，尽管分别仅一天，但却像久别重逢的老朋友那样，要说的话多得似乎三天三夜也说不完。

在品尝完各种菜肴后，两个人又慢慢地喝起了咖啡，愉快地谈起了携手侦破蛭峰别墅连环凶杀案的事情。

明智小五郎仍像平时那样，从嘴里，从鼻子里喷出一缕缕青烟，在整个房间里弥漫开来。他不紧不慢地回答森川律师接二连三的提问，耐心地解说罪犯的动机和手段。

"从表面看，该案似乎是罪犯谋财害命，从而转移了人们的视线，掩盖了罪犯的真正动机。其实，侦破本案抓捕凶手的真正着眼点就在这里。

"鸠野芳夫是一个把妻子看得比什么都重要的男人。这两家人中间，如果说能依靠自己的力量生活的也就是他了。鸠野芳夫实在是宠爱妻子，价格再昂贵的东西，只要妻子想要，他都满足。他这样做的目的，是以此博得妻子的欢心。

"可鸠野桂子一点也不珍惜丈夫对他的爱，当初嫁给他的目的只是看中鸠野芳夫的钱财。像她这样的女人，一旦手头拥有属于自己的财产，会毅然决然地抛弃丈夫。从她内心来说，蛭峰丈二才是她最理想的男人。

"至于蛭峰丈二，内心并不喜欢鸠野桂子，仅仅是利用她的虚荣来满足自己的欲望。

"鸠野芳夫心里很清楚妻子与蛭峰丈二相好，但没有勇气指责妻子的不伦行为，深怕妻子跟他分道扬镳，只得忍气吞声。尽管心里窝火，表面上却装作满不在乎。从这个角度分析，其实他应该是一个值得同情的男子。

"当然，鸠野芳夫也知道蛭峰丈二是为了钱与妻子相好的，因此尽量不让妻子有零化钱，想以此让妻子永远是自己的附属品。再说蛭峰丈二一旦成为富翁，肯定会毫不犹豫地与鸠野桂子一刀两断。

"所以说，在两位老人谁能继承财产的长寿竞争中，鸠野芳夫更希望蛭峰丈二的父亲蛭峰健作取胜。

"为了让蛭峰健作生前取胜，他丧心病狂地杀害自己的岳父蛭峰康造，可事后万没想到，能得到全部财产的蛭峰健作，竟然执意要将财产的一半分给蛭峰康造的子女，并催促律师抓紧办手续。

"老人的这一决定，意味着他的妻子鸠野桂子将拥有四分之一的巨额财产。显然，持有可以自由支配的钱财的鸠野桂子不会再依附他生活，夫妻关系也将随之结束。

"鸠野芳夫不能容忍这样的事情发生，便一心想偷盗那份协议，由于目的没有得逞，终于一不做二不休地杀害了蛭峰健作。这就是他杀人的动机。说到鸠野芳夫杀害蛭峰康造的动机，其目的也是不让妻子获得财产。

　　"因为蛭峰健作获得全部家产，等于蛭峰健一和蛭峰丈二获得全部家产，这对兄弟俩决不会将到手的财产分一半给他的妻子鸠野桂子。因此就在蛭峰健作邀请蛭峰康造协商如何分割财产时，鸠野芳夫就已经决心实施杀害岳父蛭峰康造的计划。

　　"他白天在院子里伪造凶手的脚印，其目的是让大家觉得凶手来自外部。他身穿大衣头戴礼帽，觉得这样的简易化装容易蒙混过关。

　　"到了晚上，蛭峰康造对鸠野芳夫说起白天拒绝蛭峰健作的提议一事，还对他说起了保险箱里纸币经常被盗的事情，并且让鸠野芳夫去二楼的卧室取保险箱，而鸠野芳夫则抓住了这一天赐良机。

　　"他离开餐厅没去二楼蛭峰康造的卧室取保险箱，而是来到走廊的角落取出藏在那里的大衣和礼帽，化装后溜到玄关外面装作客人来访按响了门铃，凑巧遇上猿田管家像往常那样开门。猿田管家当听说是拜访鸠野芳夫的客人，急忙把化装后的他请到了客厅。

"猿田管家离开客厅去鸠野芳夫的卧室通报时，化了装的鸠野芳夫立刻脱下大衣和礼帽把它们挂在玄关旁边的挂衣间里，迅速地跑到蛭峰康造的卧室，抱起保险箱下楼。这一连串动作，可以说是在很短的时间里完成的。

"他考虑过，这过程中也许会被人发现，如果真是那样，就推迟杀人计划实施的时间，并对识破他化装的人声称自己纯粹是好玩和新奇，以此掩盖杀人动机。

"他拿着保险箱回到餐厅的时候，正巧遇上去他卧室寻找他的猿田管家，向他通报说有头戴礼帽身穿大衣的客人来访。于是，他装模作样地去客厅接待客人，随后又装作满脸不可思议的表情回到餐厅对管家说，客厅里没见到客人，从而制造了怪人潜入家中的假象。

"他与蛭峰康造聊了一会儿后，谎称客厅里有响声，说去检查一下就来。他跑到玄关边上的挂衣间，再次戴上礼帽穿上大衣并站在客厅黑暗的角落里，等待猿田管家进来。

"当时，猿田管家正在寻找那个突然消失的怪客人，可没有找到，于是打算再去客厅寻找。当猿田管家刚跨入客厅的门槛时，便遭到鸠野芳夫的迎面猛击。

"鸠野芳夫抓住猿田管家倒地但神志清醒的时机，快速地掏出手枪，从门帘中间的交汇处朝蛭峰康造射击。紧接着，他把枪、礼帽和大衣扔到窗外后迅速返回餐厅，若无其事地站在死者旁边。

"应该说他的杀人计划考虑得很周密，可凶手还是留下了蛛丝马迹，那就是保险箱里的纸币上全写有记号。这些记号，是蛭峰康造根据鸠野芳夫的建议用钢笔书写的。就那些纸币，写记号用不了五六分钟。那么，蛭峰康造究竟是什么时候写的呢？

"鸠野芳夫说，他把保险箱拿到餐厅后一分钟也没有离开过蛭峰康造的身边，而事实上他离开过。唯一知道这一情节的，是死去的蛭峰康造。因此，活着的人中间不可能有人知道这一事实。

"既然所有的纸币上有记号，无疑是蛭峰康造在鸠野芳夫离开时写的，而鸠野芳夫强调一分钟也没有离开过老人的身边。这一自相矛盾的破绽，便成了我推断鸠野芳夫是凶手的最主要根据。

"第二次杀人计划，鸠野芳夫就是这样实施的。关于他在第二次行凶时伪造自己不在现场的证据，我已经说得很详细了。至于第一次杀人的动机与第二次杀人的动机，都完全相同。而且，凶手自以为杀人的目的已经达到，杀人的手法也是天衣无缝，觉得可以高枕无忧了。

"在这种情况下，留给我们侦破该案的办法只有一个。那就是告知大家，老人生前写的财产分配协议还在，当时说失窃是失误；具有法律效力的协议仍在公文包里。以此观察凶手的反应，引蛇出洞。

"鸠野芳夫尽管狡猾，但最终还是钻入我为他设计的圈套。当然，这是将计就计。鸠野芳夫给猿田管家送去恐吓信，其目的是为我们设圈套。他估计猿田管家会立刻把那封信拿给我们看，以此施调虎离山之计把我们的视线转移到地下室，为他顺利从保险箱中偷出协议制造机会。

"我表面上把伏击罪犯的陷阱设在地下室，而事实上出其不意地抢在他前面埋伏在房间里，等他自投罗网。那天晚上，他在灶间只待了一两分钟。他擅自离开灶间后化了装，悄悄地跑到后门附近一直耐心地等到十二点。

"十二点一到，他出现了，果然没有去事先在恐吓信上与猿田管家约定的左三角馆的地下室，而是潜入右三角馆的地下室，从那里直奔蛭峰健作的卧室。我当时拽着你跑那么快，就是想赶在他前面到达那里。

"森川，听了我这样的详细叙述后你应该一清二楚了吧，现在回过头来细想一下，鸠野芳夫是一个可悲的男子……"

明智小五郎说完了整个过程，接着像要驱走讨厌的噩梦那样轻轻地摇了摇头。

江户川乱步年谱

1894年　出生

本名平井太郎，10月21日出生于三重县名张市，为家中长子。父平井繁男，时任名贺郡官府书记员。母平井菊。

1897年　3岁

因父亲工作调动，举家搬迁至名古屋市。

1901年　7岁

4月，进入名古屋市白川寻常小学就读。

1903年　9岁

《大阪每日新闻》连载菊池幽芳的《秘密中的秘密》，母亲每晚都会念给他听，从此对侦探故事萌生了极大兴趣。

1905年　11岁

4月，进入市立第三高等小学。协助父亲采用胶版誊写版印刷和发行少年杂志。二年级时喜欢上了押川春浪的武侠冒险小说。

1907年　13岁

4月，升入爱知县立第五初级中学。读到黑岩泪香的《岩窟王》，印象特别深刻。

1908年　14岁

其父开设平井商店，主营进口机械的贸易销售，兼营外国保险代理和煤炭销售业务，并采购全套铅字，印刷和发行《中央少年》杂志。秋天，开始在学校附近租借宿舍，独立生活。

1910年　16岁

与要好同学坐船到中国的东北地区旅行。

1912年　18岁

3月，初中毕业。因喜欢出版事业，与同学到处奔走、筹备。6月，其父开设的平井商店破产倒闭。由于失去了学费来源，没有继续上高中。随父亲坐船到朝鲜马山，从事垦荒和测量工作。8月，只身赴东京勤工俭学，以优异成绩考入早稻田大学预备班，白天上学，晚上寄宿在东京都本乡汤岛天神町的云山印刷厂，逢休息日打工。12月，迁到春日町借宿，业余时间靠誊写挣钱。

1913年　19岁

春，与祖母在东京牛込喜久井町生活，重读黑岩泪香等著名作家写的侦探小说。曾计划印刷和发行《少年新闻报》。8月，预备班毕业，考入早稻田大学经济学专业学习。

1914年　20岁

春，与同学创办《白虹》杂志，利用业余时间阅读爱伦·坡、柯南·道尔等英国作家的短篇侦探小说。为了阅读侦探小说，辗转于各大图书馆，所做的笔记装订成册，称为《奇谈》。

1915年　21岁

其父回国供职于某保险公司，在牛込与全家一起生活。继续阅读外国侦探小说，并悉心研究"暗号通讯文书"的由来、规则和特点。

1916年　22岁

8月，毕业于早稻田大学经济学专业，入职大阪府贸易商加藤洋行。

1917年　23岁

5月，从加藤洋行辞职，在伊东温泉开始阅读谷崎润一郎的作品《金色之死》，执笔撰写电影评论文章。11月，入职三重县鸟羽造船厂电机部，参与内部杂志《日和》的编辑。

1918年 24岁

4月，其父再赴朝鲜工作。与鸟羽造船厂的同事组织"鸟羽故事会"，在各剧场、小学巡回。冬，在坂手村小学结识村上隆子。

1919年 25岁

辞职到东京。2月，与两个弟弟在东京本乡驹达町经营一家旧书店"三人书房"。7月，在书店二层编辑《东京PACK》杂志。11月，开设中华面馆。同年，与村上隆子成婚。

1920年 26岁

2月，入职东京市政府社会局。10月，关闭旧书店，入职大阪时事新报社，担任记者，经常与井上胜喜谈论侦探小说，开始撰写《两分铜币》。

1921年 27岁

3月，长子平井隆太郎诞生。4月，在东京担任日本工人俱乐部书记。

1922年 28岁

8月，辞职后回到大阪府外守口町的父亲家，与父亲一起生活。9月，《两分铜币》《一张收据》完稿，正式向某杂志社投稿，但未被采用。不久，改投《新青年》杂志，经审定采用。12月，入职大桥律师事务所。

1923年　29岁

4月，《两分铜币》在《新青年》刊载，小酒井不木博士长文推荐。7月，《一张收据》在《新青年》刊载，辞去大桥律师事务所工作，入职大阪每日新闻社广告部。

1924年　30岁

4月，关东大地震，全家迁回大阪。7月，在《新青年》发表《二废人》。10月，在《新青年》发表《双生儿》。11月底，离开大阪每日新闻社，成为职业作家。

1925年　31岁

1月，在《新青年》增刊发表《D坂杀人事件》，名侦探明智小五郎首次登场。到名古屋拜访小酒井不木。之后，到东京拜访森下雨村，结识《新青年》派作家。2月，在《新青年》发表《心理测试》。3月，在《新青年》发表《黑手》。4月，在《新青年》发表《红色房间》，与春日野绿、西田政治、横沟正史等作家发起创建"侦探兴趣协会"。5月，在《新青年》发表《幽灵》。7月，在《新青年》发表《白日梦》《戒指》。8月，在《新青年》增刊发表《天花板上的散步者》。9

月，在《新青年》发表《一人两角》，在《苦乐》发表《人间椅子》；其父逝世。10月，成立"新兴大众文艺作家协会"。

1926年　32岁

发表侦探小说《噩梦塔》(直译名《幽鬼之塔》)等多篇作品。12月，在《朝日新闻》上连载《畸心人》(直译名《侏儒法师》)。

1927年　33岁

3月，停笔，与妻平井隆子开设"宿舍租借有限公司"。不久，独自外出旅行，到日本海沿岸、千叶县沿岸等地；10月，到京都、名古屋等地；11月，与小酒井不木、国枝史郎、长谷川伸和土师清二等人创建大众文艺民间合作组织"耽绮社"。

1928年　34岁

3月，出售早稻田大学附近的宿舍。4月，买下东京户塚町源兵卫一七九号的房屋。同年，发表《丑角师》(直译名《地狱丑角师》)。

1929年　35岁

1月，在《新青年》发表《噩梦》。6月，发表处女随笔《恶魔王》(直译名《恐怖的魔王》)。8月，在《讲谈俱乐部》连载《蜘蛛男》。

1930年　36岁

5月，改造社出版《孤岛之鬼》。7月，在《讲谈俱乐部》连载《魔术师》。9月，在《国王》连载《黄金假面人》。10月，讲谈社出版《蜘蛛男》。

1931年　37岁

5月，平凡社出版《江户川乱步选集》13卷。同年，出版《迷重重》(直译名《钟塔的秘密》)、《暗黑星》和《邪与恶》(直译名《影男》)。

1932年　38岁

3月，停笔，带全家外出旅游，先后到过京都、奈良、近江等地。

1933年　39岁

1月，加入大槻宪二创建的"精神分析研究会"，每月出席例会，并为该会《精神分析杂志》撰稿。4月，长子平井隆太郎升入大阪府立第五初中学校。同年，好友山本直一辞去博物馆工作，担任江户川乱步的助手。12月，在《国王》连载《红蝎子》(直译名《红妖虫》)。

1934年　40岁

发表《恐吓信》(直译名《魔术师》)、《黑天使》和《不归路》(直译名《死亡十字路》)。

1935年　41岁

1月，平凡社陆续出版《江户川乱步杰作选》12卷。6月，春秋社出版《人形豹》。9月，编写《日本侦探小说杰作集》，由春秋社出版，并发表长篇评论文章。

1936年　42岁

1月，在《讲谈俱乐部》连载《绿衣人》；在《少年俱乐部》连载《怪盗二十面相》。5月，春秋社出版评论集《鬼的话》。12月，讲谈社出版《怪盗二十面相》。

1937年　43岁

1月，在《讲谈俱乐部》连载《噩梦塔》(直译名《幽鬼之塔》)，在《少年俱乐部》连载《少年侦探团》。战争爆发后，政府当局对于出版物的审查越来越严格，江户川乱步的所有小说被禁止出版发行，不得不停止撰写侦探小说。为了生活，江户川乱步借用别名为少年儿童撰写探险小说。后来，当局只允许江户川乱步撰写防谍反特小说，在杂志和报纸决定连载前，必须经过外交部、内务部、警视厅和宪兵机构的联合审查，达成一致意见后方可使用江户川乱步的名字刊登。由于公开抗议，被勒令停止写作，结果只写了一部小说。

1938年 44岁

1月，在《少年俱乐部》连载《妖怪博士》。3月，讲坛社出版《少年侦探团》。4月，新潮社出版《噩梦塔》。9月，新潮社出版《江户川乱步选集》10卷。

1939年 45岁

1月，在《讲谈俱乐部》连载《暗黑星》，在《少年俱乐部》连载《蒙面人》。2月，讲谈社出版《妖怪博士》。

1940年 46岁

2月，讲谈社出版《蒙面人》。7月，因心脏不适住院治疗。10月，与同人创立"大政翼赞会"。

1941年 47岁

7月，非凡阁出版《噩梦塔》。12月，任东京池袋丸山町防空会长。

1942年 48岁

任东京池袋北町会副会长，以"小松龙之介"的笔名连载《聪明的太郎》。

1943年 49岁

与著名作家井上良夫书信往来，交流对欧美侦探小说的看法。8月，开始连载科幻小说《伟大的梦》。11月，东京大学文学部在读的长子平井隆太郎被征召入伍，为其举行送别会。

1944年　50岁

出任行政监察随员助手，后在町会领导下开设军需品加工厂生产皮革制品。

1945年　51岁

4月，家属被疏散到福岛，自己则只身留在东京池袋，继续担任町会副会长。6月，因病被疏散到福岛。8月，在病床上听到裕仁天皇宣布无条件投降，平井隆太郎从土浦飞行队退役。11月，举家迁回池袋。

1946年　52岁

6月，倡议成立"侦探小说星期六研讨会"，每月开一次例会。

1947年　53岁

6月，"侦探小说星期六研讨会"更名"侦探作家俱乐部"，被选举为第一届主席。11月，到关西等地演讲，普及和推广侦探小说。没有新作问世，但旧作再版达31部。

1949年　55岁

1月，在《少年》连载《青铜怪人》。6月，再度当选侦探作家俱乐部会长。11月，光文社出版《青铜怪人》。

1950年　56岁

1月，在《少年》连载《虎牙》。3月，在《报知新闻》连载《断崖》，为战后首部短篇侦探小说。12月，光文社出版《虎牙》。

1951年　57岁

1月，在《趣味俱乐部》连载《恐怖的三角馆》，在《少年》连载《透明怪人》。5月，岩谷书店出版评论集《幻影城》。12月，光文社出版《透明怪人》。

1952年　58岁

1月，在《少年》连载《怪盗四十面相》。3月，评论集《幻影城》荣获侦探作家俱乐部授予的"第五届优秀侦探小说勋章"。7月，辞去侦探作家俱乐部会长一职，任名誉会长。12月，光文社出版《怪盗四十面相》。

1953年　59岁

1月，在《少年》连载《宇宙怪人》。12月，光文社出版《宇宙怪人》。

1954年　60岁

1月，在《少年》连载《塔上魔术师》。10月，日本侦探作家俱乐部、东京作家俱乐部和捕物作家俱乐部联合主办"江户川乱步六十大寿庆典"，会上正式设立"江户川乱步奖"。《别册宝石》第四十二期杂志作为

"江户川乱步六十周岁纪念特刊"，《侦探俱乐部》十二月号杂志也作为"乱步花甲纪念特刊"。著名作家中岛河太郎编纂和发行《江户川乱步花甲纪念文集》。11月，映阳堂出版《江户川乱步选集》10卷。12月，光文社出版《塔上魔术师》。

1955年　61岁

1月，在《趣味俱乐部》连载《影男》，在《少年》连载《海底魔术师》，在《少年俱乐部》连载《灰色巨人》。5月，举行首届"江户川乱步奖"颁奖仪式。11月，在三重县名张市举行"江户川乱步诞生地"树碑庆贺仪式。12月，光文社出版《海底魔术师》《灰色巨人》。

1956年　62岁

1月，在《少年》上连载《魔法博士》，在《少年俱乐部》上连载《黄金豹》。1月24日，"日本翻译家研究会"成立，出任研究会顾问。2月，出任"日本文艺家协会语言表述问题专业委员会"委员。4月，发表《英文翻译侦探小说短篇集》。8月，接任《宝石》杂志主编。11月，光文社出版《马戏团里的怪人》《魔法玩偶》。

1957年　63岁

1月，在《少年》连载《夜光人》，在《少年俱乐部》连载《奇面城的秘密》，在《少女俱乐部》连载《塔上魔术师》。12月，光文社出版《夜光人》《奇面城的秘密》《塔上魔术师》。

1959年　65岁

1月，在《少年》连载《假面具背后的恐怖王》。11月，桃源社出版《欺诈师与空气男》，光文社出版《假面具背后的恐怖王》。

1960年　66岁

1月，在《少年》连载《带电人M》。4月，出任东都书房《日本侦探推理小说大集成》编辑委员。

1961年　67岁

4月，成为文艺家协会名誉会员。7月，出席"江户川乱步从事侦探小说创作四十周年庆典"，桃源社出版《侦探小说四十年》。10月，桃源社出版《江户川乱步全集》18卷。11月3日，荣获日本政府颁发的"紫绶褒勋章"。

1963年　69岁

1月，"日本侦探作家俱乐部"升格为社团法人"日本推理作家协会"，被一致推选为第一届理事长。8月，再次当选，坚辞不受，亲自提名松本清张接任第二届理事长。

1965年　71岁

7月28日，突发脑出血逝世，戒名智胜院幻城乱步居士。获赠正五位勋三等瑞宝章。8月1日，在青山葬仪所举行日本推理作家协会葬，墓所位于多摩灵园。

译后记

我1981年8月考入宝钢翻译科从事翻译工作，1982年初开始从事日本文学翻译，1983年2月首次发表日本文学译作。四十余年来，我一直致力于中日民间文化交流，尤其是翻译了日本推理文学鼻祖江户川乱步的作品全集，由衷地感到欣慰和满足。

《江户川乱步全集》共46册，数百万言，历经数个寒暑才翻译完成。回首往事，第一天坐在桌案前写下第一行译文的情景仍历历在目。为了解江户川乱步的创作思想、创作背景和准确把握作品的神韵，除反复阅读其所有小说作品外，我还遍览《侦探推理文学四十年》《乱步公开的隐私》《幻影城主》《奇特的立意》和《海外侦探推理文学作家和作品》等乱步的随笔和评论集。并专程去了坐落在东京丰岛区池袋的江户川乱步故居考察，到日本国家图书馆查阅了有关江户川乱步的许多资料。

为了让更多的人了解江户川乱步，我在《新民晚报》先后发表了《江户川乱步，日本侦探推理文学的先驱》《日本的福尔摩斯》《江户川乱步的起步》《徜徉少年大侦探系列》《徜徉青年大侦探系列》，接受了腾讯视频、东方电视台、《上海翻译家报》、沪江网、日语界以及日本青森电视台、《东粤日报》、《朝日新闻》、《产经新闻》、《中日新闻》的相关采访。

鲁迅说："伟大的成绩和辛勤劳动是成正比的，有一分劳动就有一分收获。日积月累，从少到多，奇迹就可以创造出来。"我历经数年辛劳翻译的这版《江户川乱步全集》，2004年4月被乱步故里日本名张市政府收藏，2020年10月又被日本驻上海总领事馆收藏，并荣获国际亚太地区出版联合会

APPA翻译金奖，其中的"少年侦探团系列"荣获国家新闻出版总署优秀少儿图书三等奖。

江户川乱步可以说是日本推理文学的代名词，江户川乱步奖是推动日本推理文学作家辈出的巨大动力，《江户川乱步全集》是世界侦探推理文学的瑰宝。希望通过这套《江户川乱步全集》，可以让更多的读者共同享受推理文学的乐趣。

2021年元旦于上海虹桥东华美寓所